让中学时代难以忘怀

崔晶　袁卓・编著

吉林文史出版社

图书在版编目（CIP）数据

让中学时代难以忘怀 / 崔晶, 袁卓编著. —长春：吉林文史出版社，2017.5

ISBN 978-7-5472-4181-3

Ⅰ. ①让… Ⅱ. ①崔… ②袁… Ⅲ. ①文学—作品综合集—中国—当代 Ⅳ. ①I217.2

中国版本图书馆CIP数据核字（2017）第110235号

让中学时代难以忘怀

Rangzhongxue Shidai Nanyi Wanghuai

编　　著：崔　晶 袁　卓
责任编辑：李相梅
责任校对：赵丹瑜
出版发行：吉林文史出版社（长春市人民大街4646号）
印　　刷：永清县晔盛亚胶印有限公司印刷
开　　本：720mm × 1000mm　1/16
印　　张：12
字　　数：129千字
标准书号：ISBN 978-7-5472-4181-3
版　　次：2017年10月第1版
印　　次：2017年10月第1次
定　　价：35.80元

目录

CONTENTS

热忱——对学习、生活充满热情

一位哲人说过："你的心态就是你的主人。"在现实生活中，我们不能控制自己的遭遇，却可以控制自己的心态；我们不能改变别人，却可以改变自己。其实，人与人之间并无太大的区别，真正的区别在于心态。因此，一个人成功与否，主要取决于他的心态。

成功者与失败者的差别在于前者以积极热忱的心态去对待人生，后者则以消极冷漠的心态去面对生活。只有积极热忱的心态才是成功者的法宝。

两个具有不同心态的人从牢房的窗口同时向外望着：

一个人看到的是暗夜和天空中的乌云。

另一个人看到的却是暗夜里朦胧的月色和云缝里点点的

星光。

成功者总是运用自己的热忱去支配自己的人生，用积极的心态面对自己的学习和生活，哪怕面前的苦难如山，他们也有信心把大山移开。他们热忱地思考，乐观地面对，以充实的灵魂和潇洒的态度支配着自己的人生。成功只是他们享受人生的必然结果。

而那些冷漠者呢？他们失败，精神空虚，被过去种种经历过的失败引导和支配，以阴暗、卑怯、失望的心态和消极颓废的人生目的作为前导，其后果只能是历经一个又一个失败，以致陷入失败的泥沼中不能自拔。

仔细观察、比较一下成功者与失败者的心态，尤其是关键时候的心态，我们就会发现不同的心态带来完全不同的人生。

营销人员永远不缺乏的就是热忱，哪怕上一秒钟有人在他们脸上泼了一杯冷水，他们在下一秒也会积极、热情地面对自己的顾客。由此可见这些专业销售人员的心态是多么棒。

在营销人员中广为流传着这样一个故事：两个欧洲人去非洲推销皮鞋。他们发现，由于天气炎热，非洲人向来喜欢打赤脚。第一个推销员看到非洲人都打赤脚，立即失望起来："这些人都打赤脚，怎么会买我的皮鞋呢？"于是放弃努力，失败沮丧而归。另一个推销员看到非洲人都打赤脚，惊喜万分："这些人都没皮鞋穿，这里的皮鞋市场大得很呢！"于是想方设法，引导非洲人购买皮鞋，结果发了大财。

从这个故事中可以看出，态度决定一切，一念之差导致天壤之别，积极主动与消极被动使一个人产生了截然相反的动机，再配合个人的聪明才智，必将产生两种差别巨大的后果，即主动做事往往带来巨大的成功，而消极对待只会走向失败。

我们的心态在很大程度上决定了我们的人生成败。由此我们可以得出以下几点体会：

1.我们怎样对待生活，生活就怎样对待我们。对生活要热忱。

2.我们怎样对待别人，别人就怎样对待我们。对人要热忱。

3.我们在一项任务刚开始时（比如学习）的心态决定了最后有多大的成功，这比任何其他因素都重要。对待事情要热忱。

说了如此之多，最后让我们不断地用积极热忱的心态来对待自己的生活和学习吧，播出热忱的种子，必定收获成功的果实。

诚信——不要一失足成千古恨

古人云：“一言之美，贵于千金。”人无信则不立，国无信则日渐衰微，诚信是一种无形的力量，自古就是我们崇尚的美德。

自古以来，“诚信”二字就深深地镌刻在我们华夏儿女的心中，是一种历史悠久的传统美德，也是一条我们在社会生活中为人处世、人际交往的道德底线。

寓言故事《狼来了》中的小孩儿，用谎言欺骗他人，到最后羊被狼叼走了，这是对自己的不负责任，对他人的不负责任。周幽王为讨褒姒一笑，以烽火狼烟戏弄诸侯，到最后弄得西周灭亡了，自己也因失信而身亡于骊山之下。可见，周幽王对自己不负责任，对国家不负责任，对民族的事业不负责任。

刘备白帝城托孤，那是诸葛孔明值得他信任。历史告诉我们，要得到别人的信任，就不能失信于人，人无信则不立，国无信则必衰，这句话一点儿也不假。

秦朝末年，楚国有一个叫季布的人性格耿直，而且非常讲信用，只要他答应的事，就一定会努力做到，他也因此受到许多人的称赞，大家都很尊敬他。由此便有了这么一说："得黄金百两，不如得季布一诺。"成语"一诺千金"就是源于此。"一诺千金"四个字，便是对诚信的最好诠释。

"因为爱情，不会轻易悲伤，所以一切都是幸福的模样；因为爱情，简单地生长，依然随时可以为你疯狂。"爱情是美好的，可因为诚信，我们立足于这个社会；因为诚信，家庭其乐融融；因为诚信，各民族有强大的凝聚力和向心力，紧紧团结在一起，互助互利；因为诚信，国家繁荣富强，与国际和谐往来。爱情，人们可以用华美的辞藻修饰它，而诚信，给我们的总是一种朴实无华的美。就像爱情不会轻易悲伤，诚信是美好的，给了我们无形的力量。

我们的一生一世，有谁敢发誓一路走来没有辜负过"诚信"二字？没有不诚信的言行举止？有谁面对诚信能够脸不红、心不跳，信誓旦旦地说出"我在生活中没有不诚信的现象"？从小到大，我们经历过那么多的考试，考场里，考官们一次次地申明诚信考试，可是总有一些人不自觉地抄袭、作弊，面对着黑板上醒目的"诚信"二字，我们不知道诚信哪儿去了。一次次不厌其烦地强调，正是因为我们缺乏它，我们需要它，可面对此等情况，有谁能够坦然说：诚信被我们弄到哪儿去了？诚信不会长翅膀飞了，而是我们对它不闻不问、不屑一顾。

特殊情况下，我们赞赏“善意的谎言”，可是诚信是我们一辈子的道德底线，是我们国家优良的传统美德。

历史上那么多对坚守诚信的称颂，那么多不讲诚信的教训却并没有使我们幡然醒悟，并没有给我们启发。历史上关于诚信的典故数不胜数，按理说，我们应该受到历史的熏陶，诚信应该深入我们每一个人的内心深处。

不讲诚信，结果可想而知，不守信的求职者失去了工作的机会，不守承诺的人遭到了朋友的鄙视，纷纷离他而去。人无信则不立，失信于人，失去了朋友，失去了人们的信任；商场无信，公司最后破产、倒闭了；国家无信，最后失去了民众，变得衰弱了。

诚信，是一种无形的力量，生命不可能从谎言中开出灿烂的鲜花，如果习惯于说空话，最可敬的人也会失掉尊严。言必信，行必果，看着诸多不诚信的社会危害，让我们带着“诚信哪儿去了”的感慨，把诚信找回来，不要再把它弄丢了，真正做到所谓的一诺千金。

如果你失信别人一次、两次，别人会原谅你，但是有再一再二，没有再三再四，你长时间不守信用，就没有人相信你了。要守信，必须做到：

1.增加社会责任感

有的人为什么说话很轻巧？就是因为缺乏社会责任感，不设身处地为他人着想。比如，与朋友邀约，明明约的是15时，结果天黑了还没到，一点也不为对方考虑，这就是没有责任感的表现。

2.慎重考虑，再做出承诺

千万别做“这事儿包在我身上”的承诺，有许多你觉得能应承下来的事情，不只是决定于主观努力，还受客观因素影响。或者我们思想懒惰了，本来能完成的事，嘴上承诺了，脚下懒惰了。这种把承诺当儿戏的事情，对你的哥们儿太不负责了。一旦许下诺言，就尽量去完成它；如果不能，一定实话实说，恳求对方谅解。

3.从点滴小事做起，培养守信用的习惯

莫以善小而不为，越是细小的事情，越能留给人们深刻的印象。比如，朋友向你借钱，到了约定的日子无法还上，只是推托过几天还，如果我们稍加判断，就能知道这个人到底如何。你也许会不服气地想，就是几块钱呗，我不要又能怎样呢？其实不是这样，他第一次晚几天还你钱，第二次又晚几天，而你选择继续相信他，那么未来总有一天，他会一借不还。反正他就是个没有信用的人，是你没有及早发现而已。

亲兄弟还明算账，你为什么拉不下脸来去找他要回属于你的钱呢？

有些人平日为人很可靠，但是做事情太马虎、太不靠谱，这样也容易造成自己的信用丧失。比如社会上现在常用的信用卡，一旦忘记偿还，就会影响自己的信誉。以后想贷款，银行就有了拒绝的理由：你信用不好。为此，一定要注意从小事做起，注意信用的积累。

4.抵御各种诱惑

我们试着把眼光放远些，眼前的蝇头小利不会给自己带来任何提升。不受各种诱惑，才能变得诚实守信。

责任——敢于承担责任

光阴似箭，我们好像在眨眼间就已步入了青春年华。在你度过的这十几年光阴中，不知道你是否弄懂了责任到底是什么？

很不幸，可以说，西子自己没有完全搞明白什么是责任。西子只是听很多人说，肯负责任的男人才是好男人，谁不想做个好男人呢？西子当然也想做个好男人。

语文老师从小教育西子，说话做事要开门见山，所以对于西子来说，责任是一种递进，更是一种激励。

记得刚上高中的时候，西子和几个哥们儿总是喜欢把“责任”两个字挂在嘴边的，遇见什么事张口就是团结和责任。其实想一想，当时的西子和他的小伙伴并不清楚“责任”这个词到底是什么意思，或者说，理解得很浅薄。不过，西子觉得庆幸的一点是，在高中时他明白了其中的一层意思，那就是对自己负责。

高中的时候，面临着如山的高考压力，可以说谁对未来自己将会变成什么样子都很迷茫和不安，与其他同龄人一样，西子心里也充满了不安。就是在这个时候，西子的同桌娟儿在桌子上刻了一句话勉励自己："无论自己在做些什么都不要让未来的自己后悔，为自己加油。"这句话，西子偷偷地记在了心里，也把这句话当成娟儿在为自己鼓劲儿。出于对自己负责，在距离高考还有半年的时间里，西子着了魔一样复习功课，虽然考试结果不是太理想，但是就像那句话说的一样，他努力过，认真过，虽然结果不理想，但是不悔。

人生的每个阶段所要面对的挑战都不相同，但相同的恐怕只有一点，那就是只会经历一次，过了那个年龄、过了那个阶段要再回去，恐怕就真的不可能了。因此，做出选择、做出决定要冷静、小心，慎言慎行，那时，就会觉得，这个世界上没有什么可以难倒我了。因为我自己很清楚，无论在做些什么，自己都会受益，无论是现在还是未来，也许是很自负的想法，但那时感觉真的是无所畏惧。

还是俗语说得好："初生牛犊不怕虎。"无知者无畏，理解力有限，自然不会考虑那么多。责任是一种递进。在对自己负责的基础上，随着年龄的增长，就会碰到让你珍惜的人。再长大，会结婚，会有自己的孩子。那时的你，就不再是孤身一人了，这个时候，你就会懂得了对自己珍惜的人所要肩负的责任，对自己

自律——只有强者才遵纪自律

伟大的诗人歌德曾经告诫人们："不论做任何事情，自律都至关重要。"自我节制，自我约束，是一种控制能力，尤其要控制人的性格和欲望，一旦失控，变得随心所欲，结局必将一败涂地，不可收拾。中国近代哲学在对人性进行探讨时，曾用"趋利避害"来概括人的本性。追求利益和逃避苦难出自人的本能，是天性，关键看你后天如何驾驭。从伦理学的角度来说，一切法律条文、道德规范都是"他律"，是追求文明的"下下策"。只有出自每个人内心的、主动的"自律"，才是建设精神文明的根本途径。

所谓自律，就是针对自身的情况，以一定的标准和行为规范指导自己的言行，严格要求自己和约束自己。

美国总统林肯天生说话有口吃的毛病，可是他自从立志要做律师之后，深深了解到口才的重要，从此每天到海边对着大海练习演讲。经过严格执行自己的练习计划，经过千万遍的坚持练习，林肯不仅成为一位有名的律师，而且踏入政界，成为美国有史以来让人怀念的总统。现在大家提到林肯，只记得他留下脍炙人口的葛底斯堡演讲词，却绝少有人记得，他曾患有口吃，说话比一般人都差劲。不断地努力，严格要求自己，使林肯得到绝佳的口才。

其实林肯年轻的时候，是一个性急、易怒、一触即发的人。后来，他学会了自制自律，成为一个富有同情心和耐心的人。他曾经对陆军上校福尼说过："我从黑鹰战役开始养成了控制脾气的好习惯，并且一直保持下来，这给了我很大的益处。"

"金无足赤，人无完人。"世界上没有十全十美的人，每个人都会有缺点、错误。一个自律的人应该经常检查自己，对自己的言行进行自省，纠正错误，改正缺点，这是严于律己的表现，是不断进取的重要方法和途径。有错误和缺点不怕，可怕的是无视它，不去改正它。

一个自律的人，应该是一个懂得自爱、勇于自省，善于自控的人。自律能使人自知，使人养成良好的行为习惯，使人学会战胜自我，使人身心健康，使人高尚起来，建立良好的人际关系。它是一个人修养的起点和基本要求，也是一个人行动自由所必需的条件。一个人能够自律，说明他的修养已达到了较高的境界。

自律是一种信仰，自律是一种素质，自律是一种觉悟，自律是一种自爱，自律是一种自省，自律是一种自警。卡皮耶夫说："思想和格言可以美化灵魂，正如鲜花可以美化房间一样。"要想做一名有益于社会的人，就要针对自己的实际，选择相关的名言、警句、格言，作为自己的座右铭，用以勉励自己，提醒自己，警示自己。

可以通过自我规划来自律。规划的目的在于促使自律目标实现。当然，光有计划并不能达到自律，还需要行动才能使自我系统运动起来。但是自我规划毕竟是行动的前提，否则，便不会产生理想的自律结果。

还可以进行自我纠偏。在实践中常会出现一些偏差，甚至养成一些不良习惯。一个善于自律的人，可以通过自制力的作用，进行不良行为的自我纠正。纠正的办法主要是实施负自我强化，即习惯解冻、习惯转变和新行为冻结。

最后，要持之以恒，永不懈怠。俗话说："善始容易善终难。"只有持之以恒、善始善终，才能锤炼出高度自律的品格，才会锤炼出强者。

自律可以培养成为习惯。因为我们越来越想得到自律的好处，所以这种习惯会累积得越来越多。当我们终于克服了惰性后，我们就会在各方面觉得比以前好得多。有了自律，我们在身心两方面都会达到最佳状态。

尊重——尊重他人，就是尊重自己

有一个苦恼的人来到上帝面前，他觉得自己的人生中充满了灰暗，充满了无趣，他虽然功成名就，但是总觉得差了些什么，为什么周围的人都不尊重他呢？

于是上帝牵了一只蜗牛来，告诉那人：“你牵着这只蜗牛散散步，就能明白自己差什么了！”

蜗牛：有一天，上帝给我一个任务，让我陪一个人去散步。听了这话，却吓了我一跳，我是蜗牛，怎么能陪一个人去散步呢？

我用尽力气去爬，可是每次我总是挪那么一点点儿。

我一直在心里责备我自己，但是我真的尽了全力……

人：真奇怪，为什么上帝要我牵一只蜗牛去散步？我是一个努力拼搏、积极进取的人，牵着蜗牛去散步，真是浪费我的生命。

咦？我闻到花香，原来这边有个花园。

我感到微风吹来，原来夜里的风这么温柔。

慢着！我听到鸟声，我听到虫鸣，我看到满天的星斗多亮丽。咦？以前怎么没有这些体会？我忽然想起来，莫非是我弄错了？原来上帝是叫蜗牛牵我去散步！

尊重他人是一种高尚的美德，是一个人内在修养的外在表现。尊重，是人的一生修养以及自我内涵的表现，也是人必须具有的品质。尊重，简单地说，就是一种品德。它反映的是一个人的文化素养、道德修养，也反映了一个民族的文化底蕴。尊重是一种品德，无论是在学习、工作还是生活中，无论是对同学、老师、领导、同事或是邻居、朋友、家人，都应该自觉践行尊重，因为每一个人都希望得到他人的尊重。

在我们的日常学习、工作和生活中难免会遇到对方有意或无意做了伤害你的事情，在这种情况下你是以其人之道还治其人之身，还是以宽容的态度原谅对方？如果你能换一个角度思考这个问题，以别人难以达到的大度和宽阔的胸怀来处理，那么你的形象就会高大起来，你的宽容和大度就会让你的人格折射出更加高尚的光芒来。这样你就会获得更多的尊重，在今后的学习、工作和生活中他们也一定会加倍回报你的。

你对别人的尊重不仅是尊重了别人，同时尊重了自己，因为尊重别人也会使别人对你肃然起敬。同学之间、同事之间、邻居之间、师生之间、上下级之间要学会互相尊重，就是父子之间也应该互相尊重。越是亲近的人，说话越不能放肆，因为越是亲近的人越容易受到伤害。老师对学生的尊重会更加显示出领导者的水平来，老师特别是班主任，本来就处在高处不胜寒的层面，你对学生说话和蔼可亲，不当众让学生难堪，关心和体谅学生在学习和生活中的难处，会使学生心情舒畅，会使其努力学习，更能赢得学生对你的尊重。

人的内心都渴望得到他人的尊重，但是只有你先尊重了他人，才能赢得尊重。常言道："送花的人周围都是鲜花，种刺的人身边都是荆棘。"就让我们每个人都去先尊重别人吧，因为尊重别人就是尊重你自己！

细节——细节决定成败

耶稣带着他的门徒彼得远行，途中发现一个破烂的马蹄铁。耶稣让彼得把它捡起来。不料，彼得却懒得弯腰，就假装没听见。耶稣没说什么，就自己弯腰捡起马蹄铁，用它到铁匠那里换来三文钱，并用这三文钱买了18颗樱桃。出了城，二人继续赶路，走过的全是茫茫荒野。这时，耶稣知道彼得一定非常口渴，就把藏于袖中的樱桃悄悄地掉出一颗。彼得一见樱桃，赶紧捡起来吃……就这样，耶稣边走边丢，彼得也就狼狈地弯了18次腰。最后，耶稣笑笑对彼得说："如果你刚才肯弯一次腰，就不会现在没完没了地弯腰了。不屑于小事，将在更小的事情上操劳。"

肯于弯弯腰，做好眼前不起眼儿的小事，往往是人生走向成功的第一步。一屋不扫，何以扫天下？连小事都做不来，怎么可能做好大事？当然，这句话也可以这么理解，我们做事情时，要注意大局观，同时不能忘了细节的重要性，毕竟细节决定成败。

还有一个风靡西欧的故事大家更是耳熟能详：“失了一个铁钉，丢了一个马蹄铁；丢了一个马蹄铁，折了一匹战马；折了一匹战马，损了一位将军；损了一位将军，输了一场战争；输了一场战争，亡了一个国家。”因为失了一颗铁钉这样微不足道的事情，结果亡了一个国家，原来西方的古代人早就洞察了这个道理。

或许有人认为“大行不顾细谨”，但家国之事怎容马虎对待？殊不知一时大意便可能犯下大错。

许多事情的成败往往决定于一件微小的事。哥伦比亚号因为发射前一个小数点的计算错误而机毁人亡。一个小数点，在我们平时计算中也许微不足道，可关键时刻，却决定了7位宇航员的命运，我们怎么敢再说“小细节而已，别在意”呢？

治学应注重细节，不要以“大行不顾细谨”为借口，大意了事，要知道，细节决定成败。

一代国学大师季羡林毕生致力于学术研究，他想了解更多不为人知的细节，就走进人迹罕至的小村落。对于细节，他研究多年，最终成为国人敬仰的大师，这与他严谨的治学态度是分不开的。如果他只是粗略了解前人留下来的文献，遇上一些细节部分的内容不深究，现在怕是没几个人知道“季羡林”这个名字吧。

细节决定成败，治学如此，做人亦如此。相信大多数人都家庭的责任。当然，如果你有了自己的事业，你就会面对更大的责任——对工作的责任，对社会的责任。这就是一种递进。从你要对自己一个人负责开始，你需要负责的人就越来越多，对责任的感悟也就会越来越深刻。责任从来都不是一个轻松的字眼，在很多时候，它意味着承诺，意味着付出而不求回报。

责任是一种激励。从对自己负责开始，其实你就已经开始拼搏了，出于对自己不后悔的考虑，时刻都在努力。这个过程中，你开始习惯并适应了这种生活，一切只需要为自己考虑，那样的日子很快乐、很充实，关键是自己真的会觉得自己很厉害，无所不能。但是一旦你需要负责的人不再只是你自己，你就会迅速地发现自己的力量变得有多微弱，因为你要关心的不再只是你一个人，你开始觉得力所不及，要不然怎么会有那么多电影、电视剧的剧情拿主人公的亲人进行要挟呢？其实，这就是一种激励。无形地要求你更加努力，让自己更加强大起来。随着责任的增加，你就必须让自己飞速地成长，这样你才有足够的资本、足够的力量去保护你所要保护的人，去对你要负责的人负责。这就是一场考验，有些人承受住了这样的考验压力，转化为激励和动力，不断向前，赢得成功；但有些人选择了逃避和退缩，那么无论他年纪有多大，也始终没有成熟起来。

少年，负起你肩上的责任吧。

听说过“差不多先生”的故事。他总是说“差不多就可以了，何必太在意呢”。赶不上火车，只问：“一分钟与两分钟差不多，为何不等一等呢？”做错了事，也说：“两者差不多而已。”笑过之后，我们应思考，不注重细节的“差不多先生”为何一次又一次失去成功的机会，最终在“人医和兽医差不多”的笑话中死去？做人不能“差不多”，应注重每一个细节，这样才能把握住机会，在成功的道路上更进一步。

细节决定成败，做人如此，做事更是如此。一个著名企业家穷困时曾到垃圾堆捡垃圾，挑完之后，他总将垃圾装回原处。这一切被一位老板看在眼里，他说：“一个人能注重这一细节，为他人着想，在工作中一定可以顾及细节。”于是老板给了这个穷困的人机会，最终他取得了成功。

做事不仅仅是把握大局就可以了。许多成功的关键总是隐藏在一些不被人注意的小细节中。你注意到了，便能走对道路；你错过了，便可能失去这枚通往成功的钥匙。

有人说，成功之门总是虚掩着，看你有没有能力发现并推开它。我想，细节便是通向成功之门的关键。成败总在一瞬之间，将细节部分做好了，你只需轻轻一推，成功便在你眼前。

细节决定成败，注重细节，把握通往成功的钥匙。

勤俭——修身养德之法

大多成功的人都有勤俭的好习惯，世上成功之事，缺了勤奋、俭朴，就会变得不易实现，如果有了勤俭，成功也就不会太难了。一个人要勤俭，就要忌“懒”、忌“惰”，还要在经济上保持慎重。

勤，代表着多多付出，更加努力；俭，代表着自我否定和节省开支。

勤俭是中国人的传统美德。小到一个人、一个家庭，大到一个国家、整个人类，要想生存，要想发展，都离不开勤俭节约。可以说修身、齐家、治国都离不开勤俭节约，诸葛亮把“静以修身，俭以养德”作为“修身”之道；朱用纯将“一粥一饭，当思来之不易；半丝半缕，恒念物力维艰”当作“齐家”的训言；毛泽东以“厉行节约，勤俭建国”作为“治国”的经验。

勤俭的重要性

每个人都该意识到，不养成勤俭的习惯，就不可能存下一笔钱。以少年朋友的零用钱为例，现在的青少年赶上了一个好时代，我们的家庭奔小康了，青少年“胖脸蛋儿”了，青少年“腰包鼓了”！但是，还是老生常谈那句话：请珍惜你所在的这个时代，珍惜你兜里的零用钱，请学会精打细算、勤俭节约。

用勤俭节约塑造你的金钱观，是一种健康的思维方式。勤俭节约不等于寒酸，不等于没面子。其实当其他同学大手大脚花着零用钱时，你把它攒起来，等到钱多了的时候，用它进行一次旅游，或者给自己买一个最棒的礼物，不是一件很有益的事情吗？英国女王曾经说过这样的话：“节约便士，英镑自来！”

勤俭是成功的美德

勤俭是一种美德，也是一个国家国民素质的重要体现。伟大的罗马帝国在历史上的诸多成就都堪称伟大，它曾经称雄欧亚，它曾因勤俭节约而建国，然而当它陷于奢侈浪费时，这个帝国就开始走向衰退和灭亡。又如普鲁士，它刚开始时只是位于北欧的一个小而狭窄的沙滩地带上的小国。正如有人所说，从普鲁士的地形到它全副武装的居民，所有的这一切使人感到不寒而栗。正是弗雷德里克大帝赋予了普鲁士勤俭的德行，他甚至通过近乎吝啬的手段聚敛了巨额的财富，建立了庞大的军队。勤俭最终成为普鲁士建立伟大基业的有力武器，日耳曼帝国也由此发迹。再如法兰西，在1870年这个灾难的年头儿过后，当它顷刻间被外国军队击败，几乎因赔款而遭受重创时，法兰西农民把他们多年的积蓄统统献给了国家，居然在短得令人难以置信的时间里付清了巨额赔款和战争费用。以上事例表明，罗马和普鲁士以勤俭建国，而法兰西以勤俭救国。

节俭不仅是财富的基石，也是许多优秀品质的根本。节俭可以提升人的品性，它对人的其他能力的培养也大有裨益。节俭在许多方面都是卓越不凡的标志。节俭的习惯可以表明一个人的自我控制能力，也可表明一个人不是其欲望和弱点的牺牲品，他能够支配自己的金钱，主宰自己的命运。

一个勤俭的人不会懒散，他有自己的一定之规。如果你养成了勤俭的美德，那么就意味着你证明了自己具有控制自己欲望的能力，意味着对自我的主宰，意味着一些最重要品质的形成，如自力更生、独立自主等。总之，因为勤俭，你就会和其他人不一样。

看到这里，也许大家都会感叹，勤俭好难，难于上青天。其实，勤俭不需要超常的勇气，不需要超常的智力和任何超人的本领，它只需要常识和抵制享乐欲望的能力。养成勤俭的方法就是马上开始厉行节约，自我克制，越是自律者越勤俭。

隐藏——厚积薄发

当你看到“隐藏”这个词，是否会有些感叹，隐藏？怎么隐藏呢？我们不会法术，也过了“躲猫猫”的年龄，怎么让人隐藏得了呢？

其实，虚心即隐藏，即韬光养晦。韬光，就是隐藏自己的光芒；养晦，就是把自己放在一个不起眼儿的地方。现在这个社会，总是要打响自己的知名度，明明五分的实力，却要夸成十分，外表很风光，内里一片败絮。

不要觉得做一个谦虚的人很没有个性，其实谦虚有很多种，真正的谦虚并不是谁都有资格享有它的。

那些胸无大志的人，即使极诚恳地说“我这人没什么志向”，也不叫谦虚，只能叫坦率，这种坦率有时让人觉得是在叹息；那些毫无才学的人，即使极认真地说“我这人没什么本事”，也不叫谦虚，只能叫实在，这种实在有时让人觉着是在自责；那种在主席台上正式发言之前来一句“我水平有限”，这不叫谦虚，只能叫客套，这种客套给人的感觉是一种身份的炫耀；那种在辩论场上笑应对手一句“我的意见可能不太成熟”，这不叫谦虚，只能叫挑战，这种挑战是一种以退为进的宣示；那种在机遇面前犹豫不决、左右为难地嗫嚅“我不知道该怎么办”，这不叫谦虚，只能叫哀鸣，这种哀鸣除了显示无能力以外，便是在患得患失间不知所措；那种在困境之中难做决断，跌倒后爬起乱了方寸地说“看来我是真的不行了”，这不叫谦虚，只能叫无奈，这种无奈表明了穷途末路的到来。

谦虚需要一种底气来支撑。

聪慧是智者的底气。智者的聪慧表现为他的和气中透出低调，和颜中多有雅量。

善良是仁者的底气。仁者的善良能容下伤害和狂妄，他的谦卑融于忍耐之中，他的虚怀嵌入慈悲之间。

博大是强者的底气。强者的博大是能让对手心悦诚服地拥戴和情不自禁地敬仰。

谦虚的人，因为看得透，所以不躁；因为想得远，所以不妄；因为站得高，所以自傲；因为行得正，所以不惧。这样的人，称得上是谦虚的人。

我们虚心地把自己潜下来，慢慢打磨着自己，目的就是需要精火慢慢淬炼我们，再经过遍遍锤打，最终化为一柄锋利的宝剑，获得人生的成功。

比如，我们沉醉于舞者在舞台上的3分钟精彩表演，却忘记了，为了这短短的荣耀，舞者默默坚持的台下10年的苦功。

我们惊叹于浩瀚无际的壮观海景，却忽视了涓涓细流的不懈汇聚。

这些都是韬光养晦、厚积薄发的结果。

“厚积”是持之以恒地积累历练，是“薄发”的前提、基础；“薄发”则是“厚积”内涵的凝聚、升华，是其长期酝酿提炼的浓缩结晶。欲求“薄发”必先“厚积”，只有“厚积”才能“薄发”，这是一条永恒不变的规律。

自然界里不乏这样的事例：

蜂蜜甘甜可口，可谓珍品。蜜蜂不辞辛苦，长年累月奔波于花丛、蜂巢之间。采集花粉，此为“厚积”；花粉归巢之后，日复一日的精心酿蜜，终出正果，此为“薄发”。要知道，要酿成一滴蜜，一只蜜蜂至少要采集千朵花，行程万里。

人类社会中的成功，进步与精彩又何尝不是如此？

李时珍的《本草纲目》、司马迁的《史记》，同样是“厚积薄发”的典范。

在平常的学习中，把功夫下在平时，打好基础，打下牢固的基本功，这是“厚积”。先有“厚积”才能“薄发”，在考试中才能取得优异的成绩。美国著名未来学家阿尔温·托夫勒曾经这

摆脱依赖，放飞梦想

高高地抛起一枚硬币，我们会想它落下来时是正面还是反面，当然这只是猜测，真正的答案不得而知。然而生活也是这样，我们身处其中，就像鱼儿畅游在水中，永远不知道前方是礁石阻碍还是风平浪静。只有当你亲身经历过，你才会得到更多的感悟，所谓不下水，你永远学不会游泳，即使知道再多的游泳理论，你仍然不知道畅游水中的奥妙。

生活中亲人朋友给了我们太多的依靠，如果有一天当这些依靠都消失的时候，曾经的依靠会不会反而变成我们以后的绊脚石呢？你会不会因此而恐慌，陷入被动局面呢？显然答案是肯定的，有这么一个故事，明末清初的时候，镖局盛行。所谓镖局，相当于今天的物流公司，是当时商业发展到一定水平的产物。当时商人会贩卖一些贵重的东西，他们会请有武功的人来护送他们的商品。但不论镖局接什么样的镖，一定要当面点清，手续办妥。

故事就发生在山西一个镇子里的龙镇镖局。龙镇镖局的当家人龙镖头为人豁达，讲诚信，但是也有一个原则，对触犯他的人他决不留情。所以只要是他门下押送的财物，没人敢动。

所谓好汉不提当年勇，再威猛的老虎也有衰老的一天。龙镖头眼瞅着自己一天不如一天，虽然镖局的生意还是很好，但是龙镖头自己心里明白，那是因为他的威名还在。他有一对双胞胎儿子，开始有很多人羡慕和嫉妒，龙镖头自己心里也乐开了花，龙镇镖局总算是后继有人了。在教育儿子的时候，他这个做父亲的可没少下功夫，请武功高强的师父到家里来教他们武功，又请当地有文化的老师来辅导他们。龙镖头唯一的心愿就是让他俩将来继承父业。两个儿子一天天长大，在护镖方面却还不如自己手下管家的儿子。镇里举办了一年一次的年轻镖头比拼大赛，看谁可以把货物安全地运送回来，结果龙镖头的两个儿子成绩排在后面，不但货物丢了，还差一点儿受伤。事后才知道当镇里故意安排的绑匪劫持他们的时候，两个儿子当时就傻了，倒是老管家的儿子，当机立断想到了办法，制伏了歹徒。龙镖头为此事一直郁郁寡欢。老管家说：“龙镖头啊，你的苦心用错了方向。从小两个小少爷就受到比同龄孩子更多的关心和保护，大家都知道押镖是一个危险的行业，而且需要经历无数次摸爬滚打方可应对各种偶然出现的意外。而两个小少爷始终在你的羽翼保护下。所谓铁不炼不成钢，正是这个道理，不下水永远不知道水有多深啊！”龙镖头恍然大悟。从此以后龙镖头严格要求两个儿子，撤除随行人对他们的保护，有风险让他们独自承担，对他们的要求甚至比别人更严。慢慢地两个儿子日益优秀，犹如大树一样，最终傲立挺拔，藐视风雨。

人生不要害怕面临失败，因为在无数教训面前可以获得宝贵的经验。可是如果你因害怕失败而把自己封闭于危险之外，当温室内的花朵，就永远不可能成功。所以，让我们努力做一棵傲立挺拔的参天大树吧！

命运在自己手中

有人说命运是上天注定的，我们就应该认命，其实则不然，命运是掌握在自己手中的，我们可以通过自己的努力改变命运。就像海伦·凯勒，她可以说是不幸的，因为她又聋又盲，可是她没有屈从上天，而是通过自己的不懈努力，付出无数的汗水和心血，终于成就了自我，实现了自己的人生价值。我们不能说海伦的先天缺陷不是造化弄人，但是海伦把握住了自己的命运。她是成功的，敢于抗争不幸，牢牢掌握自己的命运，最终实现了生命的价值。

生命的华章是人用一步步的脚印书写的，你可以把命运玩弄在掌心之间，随意挥霍它，但命运也会给你带来惩罚。如果你好好地利用时间，把握生命，你就会得到生命的奖赏。很久以前，在一个小渔村里，就发生了一个这样的故事：渔村坐落在很偏僻的海边，这里经济落后，人们世世代代靠捕鱼为生。村里人从来没有离开过这个地方，即使有的年轻人充满了对大海那边的向往，但很快这种热情和想法就被村里的世俗观念和老人们定的律法打消了。在当地人的眼里，这里安全，受海神的保护，而海的那边充满了未知的危险和恐惧。这种观点在当地深入人心，它被一代代人遵守，稍有人违反，就会受到当地老人的指责和惩罚，在他们看来，这是触动神明的大忌。

一天，渔村里又开始了一年一度的祈福会，他们要向海神祈求平安，所以这一天对村里的人来说是至关重要的，而且是神圣的一天。这一天，祈福会开始以后，除了村里最年老的、辈分最高的人以外，别的人便不许再说话，不然便是对海神的大不敬，一直到祈福会结束，没有比这个更重要的了。他们把这个祈福会定在海边，当祈福进行到一半的时候，一个快要生孩子的妇人突然感觉自己不舒服，一开始她还忍着，可是后来她实在忍不住了，便躲在一座山的后面，于是小石头降生了。孩子开始了他在这个世界的第一声啼哭。然而就在此时，海水骚动起来，大地产生震动，发生了海啸，大家拼命地四处逃命，还不忘向海神祈求饶命。

一周过去了，这个小渔村经历了一次劫难，家园被毁，失去亲人的村民们伤心欲绝。在这次灾难中，小石头还未来得及看父亲一眼，父亲已离他而去了。大家把这些过错都算到这个出生刚满一周的孩子身上，小石头的母亲在经历了失去丈夫的痛苦后，还得面临着全村人对自己孩子的伤害。大家一致认为，是小石头的哭声惊动了海神，他就是个灾星，应该把他丢进海里，以解海神的怒气。小石头的母亲听说后，跑进村里挨家挨户给乡亲们跪下磕头，只求他们能够放过自己的儿子。村子有多远，小石头母亲头上膝盖上的血迹就流了多远。大家看到这个可怜的女人，最终动了恻隐之心，但是有一个条件，那就是把这个孩子永远地关在笼子里。因为大家一致认为，他就是个祸害，不能让他出来为所欲为，小石头的母亲含泪答应了。

时间一年一年过去了，小石头慢慢地长大，他承受着大家对他的白眼、小伙伴们对他的冷嘲热讽，每当看到别的伙伴一起去玩耍，他只能远远地在笼子里羡慕着他们。小石头内心失落，有说不出的羡慕，他不明白自己为什么天生和别人不一样，为什么大家都说他是个祸害、灾星。可是小石头有一个爱他的母亲，母亲告诉他，他是最美的孩子，可爱得像个天使。母亲教他写字，小石头很聪明，他总是比别人付出更多的努力，因为母亲告诉他，永远都不要放弃希望，是金子总有发光的那一天。小石头内心的希望被点燃，他要通过自己的努力让别人改变对自己的看法。在他12岁那年，村里来了两个陌生人，据说一个是航海家，一个是科学家，他们遭遇了海难，被村里人救了。后来听说了小石头的遭遇后，为了报答村里人，也是看这个孩子可怜，就想带孩子离开这里。小石头的母亲是一位勇敢、慈祥的母亲，她深深懂得也许孩子走出去会有更广阔的天空，尽管自己并不清楚那是什么，可是直觉告诉她孩子走出去是对的。于是她去求村里的老人，放她的孩子走，老人觉得这样一个祸害走了也好，于是答应了。

此后，你常常会看到海边有一个身影，当太阳刚刚升起的时候，他已经拿着书在学习了，一直学到太阳下山，这个人就是小石头。他始终不放弃希望，付出了比别人更多的努力，他的愿望就是用自己的智慧打破渔村那世世代代的愚昧和无知。多年以后，在海边站着一个青年人，他对着大海喊道："妈妈，我回来了。"此时这个曾经被认为是祸害的孩子已经是一位年轻的地质学家了。

在这个世界上，当命运不公时，如果多一份期待与勤奋，相信希望，付出比别人更多的汗水，最终你会书写出灿烂的人生。

坚持梦想，实现梦想

生活就像一艘航行在茫茫大海上的船，梦想就是指引你航行方向的灯塔，海上有时会有狂风巨浪扰乱你的方向，但是只要梦想的灯塔还亮着，你终究会到达梦想的彼岸。

那么，你生活中的梦想到底是什么呢？

答案可能会有千种万种。

有个叫布罗迪的英国教师，在整理阁楼上的旧物时，发现了一摞练习册，它们是皮特金幼儿园B(2)班31个孩子的春季作文，题目叫《未来我是》。

他本以为这些东西，在德军空袭伦敦时就在学校里被炸飞了，没想到它们竟安然躺在自己家里，并且一躺就是50年。

布罗迪随便翻了几本，很快被孩子们千奇百怪的自我设计迷住了。

比如有个叫彼得的小家伙，说未来的他是海军大臣，因为有一次他在海中游泳，喝了三升海水都没被淹死。

还有一个说自己将来必定是法国的总统，因为他能背出25个法国城市的名字，而同班的其他同学最多只能背出7个。

最让人称奇的是一个叫戴维的小盲童，他认为自己将来必定是英国的一个内阁大臣，因为在英国还没有一个盲人能进入内阁。

总之，31个孩子都在作文中描绘了自己的未来，有当驯狗师的，有当领航员的，有做王妃的，五花八门，应有尽有。

布罗迪读着这些作文，突然有一种冲动，何不把这些本子重新发到同学们手中，让他们看看现在的自己是否实现了50年前的梦想。

当地一家报纸得知这一想法，为他发了一则启事。没几天书信向雪片一样向布罗迪飞来，他们中间有商人、学者及政府官员，更多的是没有身份的人。

他们都表示很想知道儿时的梦想，并且很想得到那个作文本。布罗迪按地址一一给他们寄去。

一年后，身边仅剩下一个作文本没人索要，他想这个叫戴维的人也许死了，毕竟过去50年了，50年间什么事都会发生的。

就在布罗迪准备把这个本子送给一家私人收藏馆时，他收到了内阁教育大臣布伦克特的一封信。他在信中说：“那个叫戴维的就是我，感谢你还为我们保存着儿时的梦想。不过我已经不需要那个本子了，因为从那时起我的梦想一直在我的脑子里，我没有一天放弃过，50年过去了，可以说我已经实现了那个梦想。今天我还想通过这封信告诉其他的30位同学：只要不让年轻时的梦想随岁月飘逝，成功总有一天会出现在你的面前。”

但是自古雄才多磨难，想实现自己的梦想，吃点苦头儿、受点磨难是必然的。想成为英雄，就要在逆境中抓住梦想，在绝境中创造奇迹。你不放弃自己的梦想，梦想也不会放弃你。

我们常常受到身边环境的影响，变得没有追求，满足于生活的安逸，这样理想中的你会和你说再见。如果我们能点燃自己的梦想，我们将看到不一样的人生风景。

有些人觉得梦想就是一场梦，梦醒了一切都会变得虚无，所以觉得追求梦想这件事可有可无。但正因为有梦想我们才会变得有所期待，最大限度地激发自己的潜力，即便自己最终没有实现自己的梦想，凭着一颗恒心，我们也会在别的领域有所突破、有所建树。

认清自己，重新拾起自己的梦想吧！梦想是无价之宝，是成功的力量之源。让我们鼓起勇气向我们的梦想前进，实现我们的梦想就能实现我们活着的意义。

CAFE
CAFE DE PARIS
SINCE 1995 ~ FOREVER

不下水，永远学不会游泳

常言道：“常在河边走，哪能不湿鞋？”既然我们的鞋都湿了，说明我们有落水的危险，如果你会游泳，就罢了，如果不会游泳，你的生命就会面临危险。

有一片树叶，被一阵风吹上天空，它飞啊飞，飞到一棵树上，看到了一只小鸟，便得意扬扬地对它说：“哈哈，我飞得比你高。”这时，风停了。这片树叶落在一个水坑里，这时一头牛的脚踩进水坑里，等这头牛再抬起脚时，树叶已经不见了。

现在有些人，好多事情都是父母给打点好。衣食住行，父母样样操心到位。大人们剥夺了我们学习“生活”的机会，我们的人生好像缺了不少体验。这些生活上的小事也就罢了，那些需要我们自己处理的大事呢？

虽然我们现在的首要任务是学习文化知识，但是除了文化知识外，生活技能、社会生存技能的掌握也是必需的。

据了解，外国的孩子从小就要自己的事情自己做，什么事都自己拿主意，不依赖父母。

其实，在每一个人的人生轨道上，司机只能是你自己，没有人能给你的人生把握方向，老师不行，父母也不行，什么时候转弯、什么时候加速，需要我们自己去把握。时间不等人，抉择的时间过久，机会就真的错失了。

自立是成长过程中的一种独立的生活能力。我们要不断地完善自己，学会自立，增强自信；逐步学会理解和尊重他人，善于与他人沟通、交往，和谐相处；积极融入社会，关爱社会，成为一个对自己负责、对他人负责、对社会负责的能够自立自强的人。

在日常生活中我们可以这样做：自己做作业、复习功课，不用父母督促、陪伴；自己上学；自己的衣服自己洗；在家中打扫卫生、饭后洗碗；独自去外地；父母外出时，料理自己的生活；父母病了，陪他们去医院，还要照顾他们。

人生需要自立。如果我们不能从现在开始，在父母和老师的帮助下，自觉地储备自立的知识，锻炼自己，培养自立精神，就难以在未来的社会中自立。

是时候重新温习“小马过河”了，记得那句话：“你没有试过，怎么知道是深是浅呢？”“你没有试过，怎么知道自己喜不喜欢呢？做不做得到呢？”“你没有试过……”

尝试着自己从岸上踏下来吧，进入水里，学会游泳。

拥有一颗勇敢的心

一个强悍的高个子男生拦住了一个新生，命令他去替自己做事。新生刚进学校，不明白其中的原委，就断然拒绝。高个子男生恼羞成怒，一把揪住这个不听话的新生的领子，劈头盖脸地打起来，嘴里还骂骂咧咧：“你这小子，敢不听我的话，为了让你聪明点，我得好好开导开导你。”新生痛得龇牙咧嘴，但是并不肯乞怜求饶。

路过的学生或冷眼旁观，或起哄嬉笑，或一走了之。只有一个外表文弱的男生，看着这一幕，他的眼里渐渐涌出了泪水，终于忍不住嚷起来：“你到底还要打他几下才肯罢休？”

高个子男生朝那个又尖又细的抗议声望去，一看也是个瘦弱的新生，就恶狠狠地骂道：“你这个不知天高地厚的家伙，问这个干吗？”这个新生用含泪的眼睛盯着他，毫不畏惧地回答：“不管你还要打几下，让我替他忍受一半的拳头吧！”高个子男生看着他的眼泪，听着这出人意料的回答，不禁羞愧地放下手。

从这以后，学校里反抗恶行暴力、帮助弱者的善举逐渐增多，反抗暴行的声音也变得响亮起来，这两个新生也成了莫逆之交。

那个被殴打的少年就是雪莱，挺身而出、愿为陌生弱者分担痛苦的那个男孩外表柔弱，声音尖细，并不能够对高个子男生构成威胁，但高个子男生最终羞愧地停住了手，因为弱者敢于反抗恶行暴力的强大勇气，让高个子感到了震撼。虽然弱者并没有阻止的能力，但是他用自己的不屈服向那个高个子男生展示了自己对不公正的反抗，这也是因爱而有的勇气。

而现实生活中呢？大多数人都像故事中那些路过的学生一样，或冷眼旁观，或一走了之。我们缺乏勇气，我们不想受伤，我们戴上面具，全身武装，设法把自己脆弱的一面藏起来。可是，我们隐藏得越多，被发现的时候，暴露得就越多。我们越不敢面对伤痛，被刺伤的时候伤口就越痛。

普罗米修斯本是天上的神，他因不忍人们面临死亡，虽然深知会受到残酷的惩罚，但还是去盗取火种，助人类幸免于难。他是人类的救世主，是他让人类在茫茫黑夜中拥有一丝光明，一丝温暖。在宙斯眼里，普罗米修斯挑战了神的权威，他私自将神物给了人类，他玷污了神的圣洁。于是，他被锁在山巅，失去了可贵的自由，每天总会有一只鹰来啄食他的肝脏，日复一日，年复一年。他受到了惨无人道的折磨，而令人惊讶的是，他的肝脏依然存在，是因为勇敢的力量吗？我想是这样的。

其实最不容易受伤的人，不是最坚强的人，而是敢于坦诚面对自己的人。要想不再受到伤害，需要我们拥有一颗勇敢的心。

“风萧萧兮易水寒，壮士一去兮不复还。”是谁在吟唱这首悲壮的诗？易水边，只见一位眉清目秀之人，目光里透着坚定，眼角含着泪水，他在向别人道别？是呀，天下无不散之筵席，但他们之间怎么流露着如此浓郁的悲伤呢？细听来，才知晓，这位男子竟要去刺杀秦王，难道他不知道秦王身边有许多能人异士吗？但他眼角的泪水已经显现出他知道。风怒吼着，想要让他清醒，草儿摇摆着，告诉他不能去，树枝剧烈地摇晃着，要阻止他，但他……走了。也许命中注定，他会去，会死，他明明知道，却没有回头，为什么？究竟是为什么？因为怀有一颗勇敢之心的人拥有无畏。

无论是普罗米修斯还是荆轲，都怀有一颗勇敢的心，所以他们的心是火热的，是正义的，是令人尊敬的。正义化身的他们是快乐的，是满足的，是圣洁的。他们完成了自己的使命，他们无悔了……

怀有一颗勇敢之心的人打破了黑暗，带来了黎明，他是正义、快乐、光明的使者，让我们为勇敢喝彩吧！

心是人之本，怀有一颗勇敢的心，才会拥有与重重困难抗衡的力量，才会助人们脱离无边苦海，觅得幸福生活。

勿在攀比中迷失自己

石崇，字季伦，西晋巨亨，曾任荆州刺史、卫尉等职。王恺，字君夫，晋武帝司马炎的舅父，曾任骁骑将军。都不是一般人，出手自然阔绰。南朝刘义庆在《世说新语》中做了如下记录：

石崇同王恺争豪，你舍得花钱，我更舍得花钱，倒要看看谁最牛。王恺有皇帝这个外甥撑腰，说石崇同王恺斗富，还不如说是与皇帝掰腕子。司马炎曾经赏赐给舅舅一件稀世珍宝，是一棵2尺多高的珊瑚树，这棵大珊瑚枝柯扶疏，色彩艳丽，很得皇帝宠爱。谁想，这件宝贝一拿到石崇跟前，却被那个高傲的土财主抡起铁如意，应手击得粉碎。王恺立刻声色俱厉地质问缘由。石崇微微一笑，说：“不就是一棵珊瑚树吗，砸了就砸了，何足挂齿？今天我再赔你一个更好的。”他一挥手，侍从随即抬出六七棵珊瑚树，都是三四尺高，枝条结实，光彩照人。一见石崇的富足气派，王恺黯然神伤，自愧不如。

皇帝的御赐之物怎么样？皇帝的亲娘舅又怎么样？栽了。这不是石崇、王恺两人过招，而是民间与皇室在经济实力上的较量。石崇虽然赢了，但也为自己预制了一把霍霍作响的鬼头刀。给皇帝难看的人，大多是这样的结局。何况，石崇挥金如土、暴殄天物，正应了洪武马皇后的话：“不祥之民，天将诛之。”

我们生活的世界，人与人之间有着巨大的差别，不论身份地位、家庭出身，还是工作际遇、人际关系，都有区别。有些人对自己的生活现状不满意，却羡慕别人的生活，以致盲目地攀比，从不考虑自己的实际处境。盲目攀比的结果只会让自己迷失，而生活也因此少了一份快乐和幸福，多了一份痛苦和悲哀。

哪里有人，哪里就有江湖，哪里有虚荣，哪里就有攀比。虚荣通常随着人的欲望的膨胀而膨胀。它像一朵美丽的罂粟花，让人的欲望不断膨胀，以致最终被欲望奴役，最终迷失了自己，变成欲望的囚徒，再也无法走出心灵的禁锢。

只有淡定，才可以让我们摆脱虚荣心的缠绕，找到幸福和快乐，拥有一个淡定的人生。放弃攀比，远离虚荣，我们的人生才会有一条完美的弧线。

究竟怎么样才能做到淡定呢？要懂得珍惜自己所拥有的。每个人都有自己的梦想和生活方式，不要在乎别人怎么生活，也不去攀比，认真过好自己的生活，让每一天都充实而快乐，偶尔也让自己来一次完美停顿，在细致间勾勒人生的完美弧线，得到幸福女神的眷顾，从而获得幸福生活。

在一次宴会上，唐太宗对王珐说："你善于鉴别人才，尤其善于评论。你不妨从房玄龄等人开始，都一一做些评论，评一下他们的优缺点，同时和他们互相比较一下，你在哪些方面比他们优秀？"

王珐回答："孜孜不倦地办公，一心为国操劳，凡所知道的事没有不尽心尽力去做，在这方面我比不上房玄龄。常常留心于向皇上直言建议，认为皇上能力德行比不上尧舜，使皇上很丢面子，在这方面我比不上魏徵。文武全才，既可以做将军在外带兵打仗，又可以进入朝廷任宰相搞管理，在这方面我比不上李靖。向皇上报告国家公务，详细明了，宣布皇上的命令或者转达下属官员的汇报，能坚持做到公平、公正，在这方面我不如温彦博。处理繁重的事务，解决难题，办事井井有条，这方面我比不上戴胄。至于批评贪官污吏，表扬清正廉洁，疾恶如仇，好善喜乐，这方面比起几位能人来说，我也有自己之长。"

唐太宗非常赞同他的话，而大臣们也认为王珐完全道出了他们的心声，都说这些评论是正确的。

人与人之间是有差别的，每个人都有自己所擅长的，也有自身无法避免的缺点。因此，不要一味地去拿自己的不足和别人攀比，也不要去嘲笑每一个人的短处。在生活中，找寻适合自己的位置，让自己的特长发挥出来，即便是很小的优点，也能让我们收获到成功的喜悦。就像王玹那样，正确面对自己的优缺点，不因为自己的缺点而自卑，也不因为自己的优点而自负，坦然面对，不去盲目攀比，让生活多一份乐趣，少一份烦恼和纠结。

困难是乔装打扮的机遇之神

从前有一对兄弟，生活在泰山脚下一个偏僻的小山村，他们都是孤儿，从小就是靠邻居的接济过活，他们也没有土地用作耕种。为了生存下去，他们二人借了一些钱，就在村里开了一家杂货铺，卖些油盐酱醋，勉强能够糊口。

这样的日子很平淡，虽然不富足，但是如果不是突如其来的三年大旱，他们就会如此过下去。

这场大旱，让泰山脚下赤地千里，颗粒无收，人们只能靠挖野菜、吃树皮为生，干脆没有人去光顾杂货铺了。杂货铺的生意日渐惨淡，弟弟就找哥哥商量：“哥哥，我们结束这里的生意，另谋生路吧。我们去别的地方重新开一家杂货店，以你我二人的经验到哪里都能开起一家这样的店。”

哥哥却有些犹豫："弟弟，留在这里也挺好的，饥荒早晚都会过去，朝廷的救济粮过两个月也能到位了，虽然我们吃不饱，但是也不至于饿死。我们要是换了一个地方还不如这里，我们该怎么办呢？"

但是，耳根软的哥哥没有拗过弟弟，二人用三天时间收拾好行囊后，离开了这个小村子。他们走了一天又一天、一夜又一夜，渴了就喝点儿自带的泉水，饿了就啃几口自带的菜团。后来粮食吃完了，他们就随便挖些野菜充饥。

哥哥一路上一直埋怨着弟弟："东西吃完了，也没看见个村庄，趁着我们还有力气，还有点儿新挖的野菜，我们往回走吧。回去虽然不能填饱肚子，但是饿不死人。"

而弟弟呢？只是不吭声，一个劲儿地往前走。

突然弟弟兴奋地冲着哥哥喊道："哥哥，快来看啊！山坡那边有烟火。这么远的距离都能看到人烟，一定是个大村庄。"

弟弟指了指远处山上的一个村庄喊道。

哥哥呢？还没来得及说话，就被弟弟拉着往那个山坡跑去，他们跑了大半天，也没上得了山的一半。哥哥气呼呼地说："放弃吧，那么远的路，我们走过去也不一定能揽到生意，再说我走不动了。"

弟弟却说："不，我一定要上去，很多人都抱着你这样的心态，走到一半就知难而返了，这说明去那里做生意的人一定不多，我们要是能到那个村庄，一定能赚到大钱，我们一定要上去。”

经过不懈努力，兄弟二人来到了那个村庄，事实证明弟弟的判断是正确的，兄弟二人在这个村庄又干起了杂货铺，生意越做越大，最后成了当地有名的富户。

每个人都有两种人性，就像小恶魔和小天使一样，在不停地打架。一个用积极的心态鼓励你接受挑战，战胜困难；一个用消极的心态数落你的弱点，打消你的积极性。这两个我的战争，在哲学上被称为内耗。

但是，人生就如倒数的表盘，不会让我们有更多的时间去内耗，去抉择，这就需要我们时刻坚强地面对困难。

就像《羊皮卷》上说的那样：

人生本来就是一场倒计时的比赛，

上帝对我们每一个人都如此公平，

因为他没有让任何人的时间停止不前，无论是存储出卖或是借给他人。

因此，谁把握住了今天，谁就把握住了未来。

相信天生我材必有用。

相信我是世界上独一无二的造化。

相信自己，永不言败。

相信自己是自信心的体现，

是万里长征迈向成功的第一步！

超强的自信心，是我们攻无不克、战无不胜的前提。

其实生活中的许多事情不是因为困难我们才失去了信心，

而是因为我们失去了信心，才变得难以成功。

我们应当把沮丧、悲伤都当作乔装打扮的机遇之神，

遇到它们时毫不犹豫地迎面而上。

当事情过后我们发现，原来困难并没有我们想象中的那样强大。

在此过程中，我们的自信心就得到了加强。

自信心的建立也意味着我们开始迈向成功！

我们要在最短的时间内采取最大量的行动，

只有这样才会成倍增加成功的机会，

才不留下树欲静而风不止、子欲养而亲不待的遗憾。

珍惜自己的价值，我是独一无二的

微美克人是一群小木头人。他们都是木匠伊莱雕刻成的。每一个微美克人都长得不一样：有的大鼻子，有的大眼睛；有的个子高，有的个子矮；有的人戴帽子，有的人穿外套。但是他们都是同一个人刻出来的，也都住在同一个村子里。

微美克人每天只干一件事，就是给别人贴贴纸，对他们喜欢的、有能力的就贴上星星贴纸，对不喜欢的、没能力的就贴上灰点贴纸。木头人胖哥被贴了满身的灰点贴纸，觉得自己一无是处，自卑自怜，不敢出门。世界告诉孩子：“如果你聪明、美丽、有才能，你就很特别。”但是当胖哥来到了他的创造者身边，木匠伊莱对胖哥说：“你很特别，因为你就是很特别，不需要任何条件。”

其实就像这个小故事里说的那样，我们每个人都是独一无二的，我们每个人的指纹是独一无二的，我们每个人的性格是独一无二的，我们每个人的长相也是独一无二的。世界上没有人能否定我们的价值，我们是如此宝贵，所以请珍爱自己，肯定自己的价值，为自己的独一无二，活出自己的价值来。

人的所谓优势只不过是人们片面的思维结论，“位”站对了是优势，“位”站错了就是劣势。我们当然应该努力做到最好，但人是无法要求完美的。我们面对的情况如此复杂，以致没有人能始终不出错。

有时人们并不能正确对待自己。也许我们的父母期望我们完美无瑕，也许我们的朋友常念叨我们的缺点，因为他们希望我们能够改正。而他们难以谅解的是因为我们的过失总在他们最脆弱的时候触痛了他们的心。

这让我们感到负疚。但在承担过错之前，我们必须问问自己，那是否真的是我们应背负的包袱？

也许正是失去，才令我们完整。一个完美的人，从某种意义上说，是个可怜的人，他永远也无法体会有所追求、有所希冀的感觉，他永远也无法体会爱他的人带给他一直求而不得的东西时的喜悦。

一个有勇气放弃他无法实现的梦想的人是完整的，一个能坚强地面对失去亲人的悲痛的人是完整的，因为他们经历了最坏的遭遇，却成功地抵御了这种冲击。

生命不是上帝用于捉弄你的错误的陷阱，你不会因为一个错误而成为不合格的人。生命是一场球赛，最好的球队也会丢分，最差的球队也有辉煌的一天。我们的目标是尽可能让自己得到的多于失去的。

当我们接受人的不完美时，当我们能为生命的继续运转而心存感激时，我们就能成就完整。而别的人却渴求完整——当他们为完美而困惑的时候。

如果我们能勇敢去爱、去原谅，为别人的幸福而慷慨地表达我们的欣慰，理智地珍惜环绕自己的爱，那么我们就能得到别人不曾获得的圆满。

上帝给的，都是好的

每每看到电视中出现的帅哥美女，有的人就会抱怨上天不公平，为什么把他们生得那么好看，而我却是那样平凡？每每听到谁谁谁家的孩子学习成绩很好，有的人就会抱怨上天不公平，为什么我家的孩子脑袋就不好使呢？更可怕的是，有些孩子会因为父母不能满足自己胡乱花钱的期望而抱怨父母，你为什么不经过我的同意就把我生在这个贫穷的家庭呢？

在如此的抱怨中，有的人，心态渐渐扭曲了、失衡了……

上帝是公平的吗？

也许上帝是不公平的，他把我们生得很平凡、普通，但是上帝又是绝对公平的，那就是每个人都有自己的缺陷和不足。

一个贫穷的渔夫不甘心自己一辈子都是过这样贫穷的生活，

他就向上帝请求："万能的主啊！你的孩子如此贫穷，每天他所捕的鱼不足以让你的儿女果腹，求你恩待你的儿女，让他们的生活变得富足。"

上帝回应了他的请求："你去海里撒网，我必赐你一辈子够用的饮食。"

这个渔夫就向海里撒网，他一网就从海里捞到一粒晶莹剔透的大珍珠，渔夫对这粒珍珠爱不释手。但美中不足的是珍珠上面有个小黑点，"美珠有瑕"，如果将这粒珍珠卖掉，得到的钱足够渔夫一家什么也不干，白白地吃上十几年。然而渔夫却起了贪心："如果能将小黑点去掉，珍珠将变成无价之宝。"可是渔夫剥掉一层，黑点仍在；再剥一层，黑点还在；一层层地剥到最后，黑点是没有了，珍珠也不复存在了。

有黑点的珍珠不过是白璧微瑕，正是其浑然天成、不着痕迹的可贵之处，犹如"清水出芙蓉，天然去雕饰"。美在自然，美在朴实，美在真切。而渔夫由于起了贪念，心态失衡，想得到美到极致的珍珠，好去换钱，结果在他消除了所谓的不足时，美也消失在他追求过于完美的过程中。

一个人有缺点不可怕，可怕的是没有一颗正视缺点的心，更可怕的是迷失了自己。我们每个人都一样，然而我们每个人都不一样，因为有些人很有自信，他活得丰富多彩，而有些人很自卑，他活在黑暗中。

良好的心态能提高你的内在气质，能让人发觉到你的内在美。一个拥有良好心态的人一定是时刻发光的人，他有着超人的魅力和超越众人的能力。想成为一个拥有良好心态的人吗？那就请先从正视自己开始吧！

勇敢地面对自己不足的那一面吧，改变你能改变的，接受你能接受的。爱上自己拥有的，爱上你不敢面对的不足。

不完美并不可怕，可怕的是把不完美掩饰成完美。身上不完美的地方正是我们需要改进的地方，在这个改进的过程中你会有目标，你会不断努力，你更会不断地得到收获。而把不完美掩饰成完美的，每天都会活在战战兢兢中，生怕露馅儿了，这样的生活多么疲惫啊！

要想真正地了解自己，一定要经常与自己对话。面对自己时，一定要把所有的伪装都去掉，说出自己的心里话，以真实的面貌面对自己，让自己真正地了解自己。

最后借用高尔基的一句话来结束这篇文章：“只有怀着良好心态的人，才能在任何地方都怀有自信，沉浸在生活当中，并实现自己的梦想。”

积极进取，向着目标直跑

年轻时的史泰龙只是一个穷得快吃不上饭的美国青年，当他还小的时候，就梦想着能够当一个明星。他的梦想遭到亲人和朋友的反对，家人给他的理由是：“你身上全部的钱加起来都不够买一件像样的西服，拿什么去拍电影呢？”

家人的冷嘲热讽没有击垮青年的积极性，他记下了好莱坞所有的电影公司，并根据自己认真确定的路线与排列好的名单顺序，带着自己写好的量身定做的剧本前去拜访。第一遍下来，没有一家公司愿意接拍他写的电影。但他并没有放弃，他从最后一家被拒绝的电影公司出来之后，又从第一家开始，继续他的第二轮拜访和自我推荐。然而同上一回一样，这些电影公司依然全部拒绝了他。于是，他又进行了第三轮、第四轮。终于，当第349

次拜访完后，第350次拜访时，电影公司老板破天荒地答应愿意让他留下剧本先看一看。

他苦苦等待了几天后，被公司请去详细商谈。就在这次商谈中，这家公司决定投资开拍这部电影，并请这位年轻人担任自己所写剧本中的男主角。电影上映后，引起了巨大的轰动，它就是《洛奇》。而史泰龙也一举成名，成为著名的影星、导演、制作人兼作家。

看到史泰龙的成功之路，恐怕我们觉得励志的同时，还会倒抽一口冷气，成功怎么这么难呢？其实成功真的不难，在其中奋斗的人，都很享受这种与困难较量的过程。

一位知名学者与那些成功人士打交道时渐渐发现了一个现象，那就是有些人为了让正在创业的人知难而退，普遍把自己的创业艰辛夸大了，他们用自己的成功经历阻碍了很多还没有取得成功的人。其实成功没有我们想象的那么难。

这位学者把自己的研究心得提交给了现代经济心理学的创始人威尔·布雷登教授。威尔·布雷登教授读后，大为惊喜，他认为这是个新发现，这种现象虽然在世界各地普遍存在，但是此前还没有一个人大胆地提出来并加以研究。学者的论文定稿后，威尔·布雷登教授写信给他的剑桥校友、当时的韩国政坛上坐第一把交椅的人——朴正熙，信中写道：“我不敢说这本著作对你有多大的帮助，但我敢肯定它比你的任何一个政令都能产生震动。”

这篇论文鼓舞了许多人，因为他们从两个新的角度告诉人们，成功和“劳其筋骨，饿其体肤”“头悬梁，锥刺股”并没有直接或者间接的关系。只要你对某一事业感兴趣，勤奋地坚持下去，就会成功。这也告诉我们：做成一件事，并不需要有超人的智慧，也不需要付出常人无法忍受的痛苦。只要你去做，你就会发现，有些时候，取得成功非常简单，简单得如水到渠成那样。

生活中，很多人离成功往往只有一步之遥，却打不开那扇成功之门，最终与成功失之交臂。其实，成功的大门对于每个人来说，都是随时敞开的，就看你有没有毅力不断踏出每一步。有时候成功只是一张纸，一捅就破；有时候成功之门用木头所制，需要你用力去撞；有的成功之门是用金属做的，虽然坚固，但是只要以实力和毅力去撞击，不停地撞下去，成功的大门终会洞开。

如果你的梦想在飞翔，拦住你的一定是你的翅膀。只要你不拦着自己，谁也拦不住你。在人生的道路上，只要你有坚持和毅力，没有人能够拦住你的成功，也没有人能够挽留你向着梦想的脚步，经历再多的艰难痛苦和失败挫折，到最后都能成功。

永不放弃

在我们追求理想的道路上，肯定不是一帆风顺的。这条路上布满荆棘、坎坷、挫折等，我们不能改变这些糟糕的客观困难，能改变的就是我们的心态。如果我们采取乐观、积极的态度去面对，事情往往会朝我们希望的方向发展。如果我们用永不放弃的信念宣战，胜利的果实最终会属于我们！

有一个人，他永不放弃，坚定地熬下来了，成年累月地熬，终于熬成了伟人，熬出了人生精华。

1832年，他失业了，这使他很伤心，但他下定决心要当政治家，当州议员，而糟糕的是他竞选失败了。在一年里接连遭受两次打击，这对他来说，无疑是痛苦的。

他又开始着手开办企业，可一年不到，这家企业又倒闭了。

在以后的17年间，他不得不为偿还企业倒闭时所欠的债务而到处奔波，历尽磨难。

当他再一次决定参加竞选议员的时候，他成功了。他萌发了一丝希望，认为自己的生活有了转机："可能我可以成功了！"

1835年，他订婚了，但离结婚还差几个月的时候，他的未婚妻不幸去世。这对他精神上的打击实在是太大了，他心力交瘁，数月卧床不起。

1838年，他觉得身体状况好转了，决定竞选州议会议长，可他又失败了。

1843年，他又参与竞选美国国会议员，这次他仍然没有成功。

他虽然一次次地尝试，但是一次次地遭受失败：企业倒闭，未婚妻去世，竞选失败。要是你碰到这一切，你会不会放弃——放弃这些对你来说很重要的事情？

他没有放弃，他也没有说："要是失败会怎么样？"

1846年，他又一次参加竞选国会议员，终于当选了。两年任期很快就过去了，他决定争取连任。他认为自己作为国会议员的表现是出色的，相信选民会继续拥举他，但遗憾的是，他落选了。

这次竞选他赔了一大笔钱，所以在他申请当本州的土地官时，州政府把他的申请退了回来，上面指出："做本州的土地官要求有卓越的才能和超常的智力，你的申请未能满足这些要求。”

接连又是两次失败，然而他并没有服输。1854年，他竞选参议员，但失败了；两年后他竞选美国总统提名，结果被对手击败；又过了两年，他再一次竞选参议员，还是失败了。

这个人尝试了11次，可只成功了两次。要是你处在这种境地，你会不会早就放弃了呢？

这个在9次失败的基础上赢得2次成功的人便是亚伯拉罕·林肯。他一生下来就一贫如洗，终其一生都在面对挫折，9次竞选9次失败，甚至还精神崩溃过一次。好多次，他本可以放弃，但他没有，而是顽强地熬，熬，熬，永不放弃，他没有因为生活中的困苦而低下高贵的头颅，而是在困境中磨砺自己，终于在1860年当选为美国总统。

亚伯拉罕·林肯遇到的失败我们或许都会遇到，但林肯面对苦难没有退却，没有逃跑，他坚持着，奋斗着。是什么样的精神支撑着林肯一路走来呢？那就是永不放弃的人生信条。

自信自然美

自信不是与生俱来的，经过后天的培养可以对人产生决定性的作用，自信是我们登上成功山峰的重要条件。

自信是一根柱子，能撑起精神的天空，自信是一片阳光，能驱散迷失者眼前的阴影。如果没有自信，总是在自卑里埋没自己，那么这样的人生显然是没有希望的。如果没有自信，没有战胜一切困难的勇气和决心，那么在挫折面前，我们将会不堪一击，哪怕物质再丰裕，精神世界也将是贫乏的。自信是一个人的胆量，有了这个胆量，你就会所向披靡。记住，你是这个世界上唯一的。

在美国的一个小村庄，那里很贫穷，村里全是破败的房子，只有一所简陋的学校，还有凹凸不平的道路。每当学校放学的时候，就会看到一群孩子奔跑着出来，如果仔细观察，不难发现这里面有一个表情忧郁的女孩子。她叫托娜，家里有三个弟弟，一个妹妹。每次放学后妈妈都让她赶快回家照顾年幼的弟弟妹妹，帮助做家务。她很乖巧，可是成绩一般，其他方面也是如此。她就像一棵默默无闻的小草，从来得不到大家的重视。因为不自信，她从来都不开心，表情忧郁，跟同学交流的时候总是把头深深地低下，说话的声音也总是很小。学校有什么活动的时候，她总是靠后，从来不积极。一开始大家以为她是性格内向，不好意思，上课时老师就提问她，想锻炼一下她的性格，可是后来看她写的作文，细心的老师发现，这个学生潜意识里有很强的自卑感。于是这个负责的老师一直在寻找机会，帮助这个女孩子走出阴影。

一次，老师下班后在回家的路上发现托娜正在全神贯注地看着橱窗里的什么东西。老师没有惊动她，而是等待她走后，靠近橱窗，发现是一个漂亮的粉红色发卡，上面还系着一个小的蝴蝶结。橱窗的老板告诉这位老师，这个小姑娘几乎天天来看，每次老板问她是否要买的时候，她都摇摇头，一脸失落地走开。老师知道该怎么做了。

第二天下午放学之前，老师对学生们宣布："明天上课的时候将在班里举行一场活动，选出班里最美最受欢迎的孩子作为天使。"随后班里一阵兴奋，大家都在猜测谁会成为那个最美天使的时候，老师注意到托娜一脸落寞。等学生陆续离开教室，老师走到托娜的身边，握住她的小手，说："孩子，开始准备明天的活动了吗？"托娜低下头，随后摇摇头。老师说："孩子，你在老师心里是很棒的，老师希望你明天可以好好表现。"托娜慢慢地抬起头，脸上写满了惊奇。随后老师拿出那个装有粉红色发卡的精致小盒子放在她的手中，说："老师认为你明天获胜的希望很大，所以提前买了这个礼物鼓励你。"托娜看着老师，眼睛里流出了晶莹的泪珠。老师说："明天好好表现哦，这是我们俩的秘密约定。"

此时托娜笑了，虽然只是一刹那，但是老师在那一瞬间看到了希望。托娜很开心，这种激动的心情是很难用语言描述的。回家后她把发卡小心翼翼地拿出来，在头上试了又试，真的好漂亮，她对着镜子笑了笑。第二天上学的时候，她早早地起来，大声地对妈妈说："妈妈，早安！"妈妈先是一愣，随后说："我的宝贝，真漂亮！"一路上，她都热情地跟大家打招呼，大家都夸她漂亮，都感觉到了托娜的变化，都为她开心，但是都不知道原因。到了学校，看到同学和老师，托娜起先还在犹豫，随后热情地跟同学打招呼。同学们先是一愣，随后也热情地跟托娜聊天，大家都说托娜今天真漂亮，好像跟以前不一样了，可是谁也说不出她是哪里变了。老师见到托娜，也一愣，接着就夸托娜漂亮。在接下来的班里的活动上，托娜摆脱了以往的羞怯，热情地给大家讲了几个平时她照看弟弟和妹妹的趣事，同学们都被她逗乐了。最后全班决定，最美的天使就是给大家带来快乐的托娜。

托娜开心地笑了，那种笑是真诚的，是自信的，是延续的、不加修饰的，就像春天里绽放的花朵一样美。

在放学回家的路上，她惊奇地发现自己的家乡是那么漂亮，郁郁葱葱的树木，清澈的水流，还有空中的鸟儿在欢乐地唱歌。回家以后，进门的瞬间，托娜吃惊地发现自己的发卡躺在地上，原来早晨托娜出门的时候太慌张了，以致发卡丢了都不知道。她一直以为是发卡带给她的魔力，此刻她突然明白了，原来是她自信大方的笑容征服了大家。

自信是人与人交往的名片，是迈向成功的垫脚石，抛去自卑的阴霾，敞开心扉，以一种洒脱、开朗的心态接受新的事物。

除了你自己，没有人能否定你

在我们的身边，经常有这样的声音——“我不能”“我不行”“我怎么可能成功”，这些话甚至成了一些人的口头禅。如果不是某些人的谦虚或者对某件事的懈怠，就真有一些人认为自己一无是处吗?

经常把“我不行”“我不能”挂在嘴边，这是十分愚蠢的做法。因为心理暗示的作用是巨大的，认为自己“不行”就相当于给了自己一个消极的心理暗示，你的意识就会接受这个指令，只要你的意识下命令，你的潜意识就不会和你争辩——它会完全接受这个命令，它像个无知的小孩儿，听不懂“玩笑”话——“我不行”就会逐渐地渗入你的潜意识中，时间长了，你真的就会朝着那个方向发展。

一天，心灵咨询师沙哈尔老师接到了一个电话，是一个上高中的女孩儿打来的。女孩儿在电话里跟沙哈尔老师谈了自己的学业、人际关系，也谈了自己和父母的关系。总之，她的谈话中心只有一个：“我真的什么都不行!”她很压抑，也很痛苦。

“是这样吗？”沙哈尔老师问。“是的。我和同学关系非常不好，大家都不喜欢我。我的学习成绩很一般，老师对我视而不见。妈妈把希望寄托在我身上，我无法满足她的愿望。我喜欢的男孩儿不再喜欢我了，我的生活里没有阳光……”女孩儿好像对什么都失去了希望。

“那你为什么要打这个电话？”沙哈尔老师追问。

“不知道，也许是想找个人说说话吧!”女孩儿继续说着对自己的负面评价，“我不会和人打交道，不想和别人聊天，不想上学，幼稚乏味，什么都不懂……”沙哈尔老师很纳闷，一个女孩儿为什么要把自己说得如此不堪呢？

经过进一步地交谈，沙哈尔老师了解到女孩儿的父母都是老师，因而对她的要求很高，很多却是她无法实现的。在家的时候，父母经常指出她的不足，对她加以指责。慢慢地，女孩儿就觉得自己什么都不行。经过一番交谈，沙哈尔老师终于明白了她的问题所在——缺乏鼓励。一个人如果长期得不到鼓励和肯定，生活在被否定的环境中，结果就会是——自我否定，认为自己真的什么都不行。

在电话里，沙哈尔老师帮这个女孩儿找到了她的许多优点，她有上进心，是个懂事的孩子，说话声音很好听，很有礼貌，语言表达能力强，做事情认真，能够和人沟通……“你看看，我们才聊了一会儿，我就发现你有这么多的优点，你怎么还能说自己什么都不行呢？”沙哈尔老师说。

“这能算优点吗？没有人这样说过呀！”女孩惊讶地说。

“从今天开始，请把你的优点写下来，至少要写满10条。然后每天大声念几遍，你的自信心会慢慢回来。要是发现有了新的优点，别忘了一定要加上去呀！”

女孩儿高兴地答应着，轻松地放下了电话。

在第二天的课上，沙哈尔老师给他的学生讲了这个女孩儿的故事。说完之后，他很严肃地告诉学生：“在我们身边，可能也有很多人像这个女孩儿一样，觉得自己什么都不行。但是，我希望你们今天听了这堂课之后，彻底打消那种念头。无论什么时候，在做任何事情之前，都不要急于否定自己。”

如果一个人长期被这样的情绪笼罩，就很容易出现情绪低落、郁郁寡欢的现象，这样的人常会因为害怕别人看不起自己而不愿意与人来往，只想与人疏远。他们缺少朋友、顾影自怜，甚至会产生一些内疚、自责的自卑心理。这样的人，与其说是消极，倒不如说是对自己要求过高，他们很难享受到生活的乐趣。

如果一个人总是沉浸在“我总是不能做到最好”这样的阴影中，那么无异于给自己套上了无形的枷锁。否定自己，就像是在心底扎下的木桩，让自己的心灵沉重不堪，也阻碍了自己与外界的自由沟通。如果能够认清自己并且相信自己，拔掉心底的木桩，懂得换一个角度来看待周围的世界和自己的困境，那么很多事情就可以迎刃而解了。

学会立志，你能做得更好

大家都知道，在我国古代有一个叫方仲永的人，他在很小的时候，就显示出了在诗歌方面的才华，被人们赞誉为神童。

那些有钱人家经常邀请方仲永到自己家来，一方面是为了一睹这个神童的才华，另一方面想显示一下自己爱惜人才。当然，每当方仲永走的时候，那些有钱人都会给一些钱，以表心意。

方仲永的父亲是一个十分爱钱的人，他把方仲永当成了一棵摇钱树。当没有人邀请的时候，他就领着方仲永主动登门拜访，以求得人家给点小钱。

由于整天跟着父亲东家进西家出，方仲永的学业荒废了，他在诗歌方面的才华，由于没有选择一个正确的方式加以培养，也渐渐地枯萎了。

方仲永长大后，人们从他身上再也看不见一点儿当初神童的影子。

这个故事告诉我们：如果你没有选择一个正确的人生方向，即使你一身才华，不但不能成功，甚至会使自己的才华像方仲永那样渐渐地枯萎，最后使自己成为一个没有作为的人。

每个人的人生都会有一个为之努力的方向，但最终能否一直沿着这个方向前行，就要看后天的努力。有的人爱唱歌，声音有如天籁；有的人爱画画，信手涂鸦，都让人觉得充满韵味；有的人爱跳舞，举手投足间都能让人感觉到肢体语言的柔美……声音有如天籁的发掘出了自己唱歌方面的潜能；涂鸦涂出韵味的，发掘出了自己画画方面的潜能；肢体语言柔美的，发掘出了自己舞蹈方面的潜能……其实我们每个人的潜能都是无限的，只要你善于发掘，善于激发，总有某一方面的潜能会被开发出来。

在这个世界上，有才华而与成功背道而驰的人，比比皆是。这是因为选择的错误，致使他们不是毫无意义地浪费了才华，就是使自己的才华渐渐地埋没了。

我们可以通过内视或虚心请教身边了解自己的人，开发自己的潜能，这个过程会非常艰苦、漫长，当然如果你有积极向上的兴趣爱好，也是可以作为潜能开发的一部分。

既然总结了自己想要的一切，发现自己的才能，知道什么是自己非常看重的？你想达到的人生理想是什么？现在，就请你把这些写在纸上，顺便再撰写你的使命宣言吧，之后贴在屋子里最醒目的地方，时刻鞭策自己。

有句俗语说得好：条条大路通罗马。撰写使命宣言的方法也是这样，我们不需要拘泥于某一种形式，只要你写的使命宣言能起到激发自我潜能的目的就可以，不必过于注重形式。

下面简单地介绍几种方法供参考。

1.搜集名言。在纸上写下你非常喜欢的几条名言，然后把这些名言概括起来，就是你的使命宣言。

例如：不经一番寒彻骨，怎得梅花扑鼻香。

滴水能把石穿透，万事功到自然成。

日日行，不怕千万里；常常做，不怕千万事。

这几条名言的意思就是说，任何事都要经过艰苦卓绝的努力才能获得成功，万事功到自然成。在今后的学习生活中，我一定要做到勤学苦练，赢得梅花扑鼻香。

2.随想随写。在20分钟里快速写下心中的使命，不要担心自己写下了什么。写的过程一定要一气呵成，写完之后再花10分钟时间进行修改和整理，让我们随想随写的东西言之成理。

在短短30分钟的时间里，我们就草拟了自己的使命宣言。在接下来的日子里，就可以不断地充实这份使命宣言，让它真的起到激励我们不断向前的作用，发掘出我们的许多潜能。

3.静思。抽出较长的一段时间，找一个安静的地方进行思考。深刻地思考我们的人生以及我们该怎样规划自己的人生蓝图。静静思考之后，写出具有独特风格的使命宣言。

不断自我挖掘，释放潜能

很多人都会有这样的感觉，觉得自己身上没有什么优点，比不上别人，觉得自己没有别人聪明，没有别人学习好，没有别人身上的优点多。其实并不是这样的，每个人都有自己的优点，只是我们没有发现。

苏格拉底晚年的时候想将自己的思想传承下去，于是他把跟随自己多年的助手叫到病床前，对他说："我的蜡烛所剩不多了，得找另一根蜡烛接着点下去。我需要一位最优秀的传承者，他不但要有相当的智慧，还必须有充分的信心和非凡的勇气……你帮我寻找一位，好吗？"

助手坚定地点了点头。

从那天起，忠诚而勤奋的助手便开始不辞辛劳地通过各种方法四处寻找这个合适的人。可是他找到的人苏格拉底一个都不满意。

一天，助手又一次送走了被苏格拉底谢绝的青年，略有失望地照顾着老人。苏格拉底慢声地说："你找来的那些人都很优秀，但都不如……"

还没等苏格拉底把话说完，助手立即答道："你放心，我一定加倍努力，一定会把最优秀的人选挖掘出来。"

时间又过了大半年，合适的人选还是没有找到，苏格拉底却已经支撑不下去了。望着即将离去的苏格拉底，助手非常惭愧地说："对不起，我令您失望了！"

苏格拉底失望地闭上眼睛，说："失望的是我，对不起的却是你自己。本来，最优秀的就是你自己，只是你不敢相信自己，才把自己给忽略、给丢失了……其实，每个人都是最优秀的，差别就在于如何认识自己、如何发掘和重用自己……"说完，一代伟大的哲学家就这样永远地离开了世界。

那位助手非常悔恨，甚至自责了一生。最优秀的人就是你自己，在现实生活中，我们忽略了这一点，我们看着别人的长处，常常为自己没有别人那么优秀而苦恼，看着别人的做事能力和方式，我们自己也总是自卑，觉得自己不能做到别人那么好。于是在遇到困难的时候，我们总是想到别人，期望借助别人的能力。在我们的不自信中，我们总是学着依靠别人，也错失了太多成长的机会。

要学会发现自己的优点，这样就能理性确立人生的目标和方向。我们不一定要成为伟大的科学家，但是发现自己的优点加以利用，这才是最科学的成长。每个人都不是完美的，但每个人都有自己特别的价值。生活中，我们往往总在被教育着：你要把自己的缺点改掉，争取去做一个好孩子、好学生。这也让我们似乎成为查找自己缺点的专家。成长中，我们也花了太多的精力去弥补自己的缺点，无暇顾及发挥自己的优点了。

知人者智，自知者明。一个人若想成功，就必须了解自己的优点。成功的人生规划，就在于发现自己的优点并加以发展，根据自己的优点设计适合自己的未来。很多有成就的人士之所以成功，首先得益于他们充分了解自己的优点，根据自己的特长来进行定位或重新定位。每个人最大的成长区间就在于他的优点领域，花费很多的时间去改正自己的缺点，确实很有必要，但是这只能使我们避免失败，而将自己的优点发挥出来却可以出类拔萃。

发现自己的优点，要学会观察，留心自己生活中的细节。你是否发现你的逻辑思维能力要胜过别人呢？你是否发现自己在写作上很有天赋呢？生活中的美需要发现，个人身上的优点也需要发现。还可以询问身边的人，自己在什么方面有长处，对什么有兴趣，别人的意见也可以参考。综合观察，去发现自己的优点，带着积极乐观的心态投入生活，这样的生命才是丰富多彩的。

很多时候，我们都在背对着太阳，躲藏在自己的影子下，但是只要我们转身，就能看到灿烂的阳光。优点也常常躲藏在自己的人生之中，需要我们去发现，去寻找，也许它刚开始并不是那么明显。

一个人的优点能改变一个人，善用一个优点能改变一个人的一生。当我们发现自己的优点，人生的阴霾便会顷刻消散，生活的美好便如空气无处不在。成功教会我们要学会利用自己的优点去学习，但智慧告诉我们要把握自己所拥有的，去创造自己所没有的。优点是可以培养的，要有乐观的心态和自信的勇气，去学习更多，成长更多，展现生命更多的活力。

现在是最好的开始

想一想，有多少事因为我们没有马上行动而置之脑后。一件重要的事情，如果不马上采取行动，最后可能会忘记，或者想要做时又失去了原有的热情和激情。一个成功的人最重要的不是他的目标有多远，不是他的方法有多好，而是他的行动比别人多。只有行动，才能谈得上方法；只有行动，才能体现我们的能力；也只有行动，才能达到我们的目标。没有什么来不及，现在是最好的开始。

我们有了目标就要立即行动。索菲亚是某大学里著名的歌剧演员，在一次校级演讲比赛中，她向人们展示了一个梦想：大学毕业后，先去欧洲旅游一年，然后要在纽约百老汇中占有一席之地。当天下午，索菲亚的心理老师找到她，问了她一句：“你现在去百老汇跟毕业后去有什么差别？”索菲亚仔细一想，说：“现在的大学生活并不能帮我争取到去百老汇工作的机会。”

这时，老师又问她：“你现在去跟一年以后去有什么不同？”索菲亚苦思冥想了一会儿，对老师说，她决定下学期就出发。老师紧追不舍地问：“你下学期去跟今天去有什么不一样？”索菲亚有些眩晕了，想想那个金碧辉煌的舞台和那双在睡梦中萦绕不绝的电影，她终于决定下个月就前往百老汇。

老师又乘胜追击，问道：“一个月以后去和今天去有什么不同？”索菲亚激动不已，情不自禁地说：“好，给我一个星期的时间准备一下，我就出发。”老师步步紧逼：“所有的生活用品在百老汇都能买到，你下个星期出发和今天去有什么差别？”

索菲亚激动地说道：“好，我明天就去。”老师赞许地点点头，说：“我已经帮你预订了明天的机票。”第二天，索菲亚就飞赴世界巅峰的电影殿堂——美国百老汇。当时，百老汇的制片人正在酝酿一部经典剧目，几百人应征主角。按当时的应聘步骤，是先挑出10个候选人，然后让他们按剧本的要求演绎一段主角的对白。这意味着要经过两轮艰苦角逐才能胜出。索菲亚到了纽约后，并没有着急去漂染头发，买靓衫，而是费尽周折从一个化妆师手里要来剧本。之后的两天，索菲亚闭门苦读，悄悄演练。终于到了索菲亚面试的那天，这个姑娘感情如此真挚，表演得惟妙惟肖，导演们都惊呆了，主角非索菲亚莫属。就这样，索菲亚来到纽约没几天就顺利地进入了百老汇。

行动是克服困难的唯一方法。当我们决定行动时，常常会看到许多困难，会遭遇到许多挫折，这一切都是行动的“副产品”，或者说，是行动的必然结果。如果你不行动，这些困难和挫折就不存在，行动的目的就是要解决这些困难和挫折，每解决一个问题，我们就离目标近了一步。行动的主旨就是解决问题，困难和挫折是我们前进中的朋友，它们会将你的竞争对手拒之门外。

行动是培养毅力的唯一途径。如果我们对每一件应该做的事情都能付诸行动，那么毅力的培养就不再是一件折磨人的事情。古人说，“千里之行，始于足下”，正如一个在一天内步行100英里（1千米＝0.6214英里）的70多岁的老人所言：“我每一次的决心不是走100英里，而是1英里。”老人朴实的话语告诉我们，毅力就是不断地行动，不断地行动造就了毅力。眼睛里如果总是看到未走完的路程，总是为望不到尽头的目标发愁，总是想怎样才能更加轻松一下，那么，走在你前面的人就会越来越多，你离成功的距离就只能越来越远。行动，马上行动!在行动中摸索方法，探索出适合自己的方法，用最好的方法让你的行动最有效!

行动，马上行动!用行动体现你的主动性，证明你存在的价值，富有主动性的行动才能让你的能力得到提高。

没有什么来不及，现在就是最好的开始!

对于盲目的船来说，所有的风都是逆风

有一个非常著名的跟踪调查，被调查的对象是一群智力、学历、生活环境差不多的青少年。调查发现，27%的人没有目标，60%的人目标模糊，10%的人有清晰的短期目标，3%的人有清晰且长期的目标。

20年的跟踪研究结果显示：3%有清晰且长期目标的人，20年来他们朝着自己的目标不懈地努力，最终成为社会各界的顶尖成功人士；10%有清晰的短期目标的人，大都处于社会的中上层；60%的目标模糊者，几乎都在社会的中下层，能安稳地工作，但没有什么特别的成绩；剩下的27%是那些20年来都没有明确目标的人群，他们几乎都在社会的最底层。这个调查让我们明白：如果一个人没有明确的目标，那么他不可能变得优秀。

现实生活中，许多青少年宁愿选择随波逐流，也不愿给自己设立一个目标，所以他们一直迷茫地走在没有目的地的道路上。因为迷茫，他们感觉到了空虚，于是他们浪费了很多时间做一些无意义的事来填补自己内心的空虚。其实，只要我们认识自己，给自己设定一个明确的目标，我们可以同样优秀。当我们有了明确的目标，我们就知道自己下一步该怎么走；哪些事必须做，该怎么做；哪些事无足轻重，进而可以提高学习与生活的效率。

世界著名游泳健将弗洛伦丝·查德威克，从卡德林那岛游向加利福尼亚海湾，在海水中泡了16个小时，只剩下1 800多米的时候，她看见前面大雾茫茫，潜意识发出了“何时才能游到彼岸”的信号，她顿时浑身困乏，失去了信心。于是她被拉上了小艇休息，失去了一次创造纪录的机会。事后弗洛伦丝·查德威克才知道，她当时已经快要登上成功的彼岸，阻碍她成功的不是大雾，而是她内心的疑虑。是她在大雾挡住视线之后，对创造新的纪录失去了信心，然后才被大雾击败。

过了两个多月，弗洛伦丝·查德威克又一次重游加利福尼亚海湾，她不停地对自己说：“离彼岸越来越近了！”潜意识发出了“我这一次一定能打破纪录”的信号，她顿时浑身来劲儿，弗洛伦丝·查德威克最终实现了目标。

弗洛伦丝·查德威克第一次之所以失败，不是因为她没有能力游到加利福尼亚海湾，而是因为浓雾让她看不到目标，看不到目的地。其实，我们每个人的人生中都会有那样的“浓雾”让我们在困难中迷茫，以致最后放弃，因为对于一艘盲目的船来说，任何方向吹来的风都是逆风。

因此，对于青少年来说，想要变得优秀，就要给自己树立一个明确的目标。远大的理想是你伟大的目标，远大的目标是成功的磁石。仅仅拥有理想，你不一定能成功，但如果没有目标，成功对你而言就无从谈起。

许多年以前，盐湖城有一位勤劳节俭的年轻人，他常常受到朋友和邻居们的称赞，但他的一个举动使他的朋友都认为他疯了。他从银行取出他所有的存款，到纽约参观汽车展，回来时买了一辆新车。更糟糕的是，他回到家之后便立刻把车停到车库中，并将每个零件都拆卸下来，研究完他又把车子组装起来。

朋友和邻居们都认为他的行为实在太不正常了，而看到他一再重复拆卸组装汽车的行为时，这些旁观者们更加确定他疯了。这位年轻人就是后来的“汽车大亨”克莱斯勒。他的朋友和邻居们不了解隐藏在他看似疯狂行为中的目标，更不了解成功意识对他的重要影响。

这就是目标的神奇魅力，远大的目标吸引人努力为实现它而奋斗。每当你懈怠、懒惰的时候，它犹如闹钟，将你从睡梦中惊醒；每当你感到疲惫、步履沉重的时候，它就似沙漠的绿洲，让你看到希望；每当你遇到挫折、心情沮丧的时候，它又如破晓的朝阳，驱散黑暗。一个有远见和目标的人，能在人生目标的驱策下，不断激励自己，从而获得精神上的力量，焕发出超强的斗志，掌握生命的舵，乘风破浪。

正确认识自己，就能走得更远

在学习和生活的道路上，正确地认识自己，就能走得更远。我们身上都会有一些缺憾，此时不妨换个角度看问题，那么一条崭新的道路就会为你而铺。让我们一起看看一个曾经自卑的人是如何一步一步迈向人生的巅峰。

在某个学校的一间教室里，坐着一个8岁的男孩儿。他胆小而脆弱，脸上经常带着一种惊惧的表情。他呼吸就像别人大喘气一样。一旦被老师叫起来背诵课文或者回答问题时，他的双腿总是抖个不停，嘴唇也颤抖不止。他回答问题也常常含糊且不连贯，常常是在老师和同学的嘲笑中，他颓然坐回座位上。

如果他有个好看的面孔，也许能给人的感觉好一点。但是，当你向他望过去时，你一眼就能看到他那一嘴惨不忍睹的龅牙！

通常像他这种小孩儿，自我感觉很敏锐。他们主动回避热闹的生活，不喜欢交朋友，宁愿让自己成为一个只知自怜的人。但是，这个小孩儿却不是如此，他虽然有很多缺陷，但同时身上有着一种坚韧不拔的毅力。事实上，正是他的缺陷增加了他去奋斗的决心。他没因为同伴的嘲笑而使自己奋斗的勇气有丝毫的减弱。相反，他使自己喜欢大喘气的习惯变成一种“坚定的声音”。他用坚强的意志，咬紧自己的牙床，使嘴唇不至于颤抖不已；他挺直腰杆，使自己的双腿不至于战栗，以此来克服他与生俱来的惧怕。这个小孩儿就是西奥多·罗斯福。

他并没有因为自己的缺陷而感到气馁，而是千方百计去利用它们，把它们转化为自己可以利用的资本，从而走到了名誉的高台上。

到他晚年时，已经很少有人知道他曾经有过严重的缺陷，他自己又曾经如此惧怕过它。美国人民都爱戴他，他成为美国有史以来最得人心的总统之一。

他所取得的成功是何等伟大！他并没有坐等幸运女神来找他，而是自己主动去追求。

一个人必须对自己有正确的认识，对自己充满信心，这也就是说，你必须对自己的所短和所长有清醒的认识，用行动去克服恐惧，你一定可以。正确认识自己，你将走得更远！

我为什么读书

我们每天都在忙着学习，做着数不完的习题，在繁忙的学习之余，你是否想过“我为什么读书？”这个问题。可能你的答案是考上一所理想的大学，为了让父母过上更好的生活，为了……这个问题直接关系到你学习的动力，所以值得我们认真思考。思考过后，让我们来一起看看拿破仑是为什么而读书。

他是为了自己将来的理想而读书。拿破仑的父亲是一个很高傲但又穷困潦倒的科西嘉贵族，他把拿破仑送进一所贵族学校。在那里，拿破仑必须交往那些在他面前夸耀自己富有又讥讽他贫穷的同学。这种讥讽深深地刺伤了小拿破仑的自尊心，引起了他的强烈愤怒，然而对此他却无能为力。后来他受不了，就写了封信向他父亲抱怨了一番。

“我们没有钱，但是你必须在那里把书读完。”这是他父亲的回答。因此，他在那所学校受了整整5年的折磨。但是那里的每一种嘲弄，每一种欺侮，每一种轻视的态度，都使他增加了一种决心，那就是一定要好好地做人，以实际行动让这些愚蠢的富人们看看，他确实比他们优秀。

那么，他是如何做的呢？这当然不是一件容易的事。他只在心里暗暗计划，决定利用这些没有头脑而又傲慢的人作为桥梁，使自己达到巅峰。

他在16岁的时候，当上了少尉。但是就在这一年，他遭受到另外一个打击——他父亲去世了。这样，他不得不从他那本来就少得可怜的薪水中抽出一部分来帮助他的母亲。

他的同伴儿在追求女人和赌博的时候，他用埋头读书的方法，去努力和他们竞争。读书是同呼吸一样自由和不受限制的事情，他们享有免费在图书馆借书的权利，这使他得到了很大的收获。

他并不是漫无目的地读书，他也不是以读书来排解自己的烦闷，而是为自己将来的理想而读书。他下定决心向世界来证明他自己。在那里他经常是面如土色，但是他从来也没有停止过努力。

几年的苦读，他所做的读书笔记，后来印刷出来，一共有400多页。他把自己想象成一个总司令，将科西嘉的地图描绘出来，并在地图上标明了哪些地方应当布置防范。一切他都用数学的方法进行精确的计算，他的数学也由此得到了发展。他的长官看见拿破仑很有学问，便派他去做一些需要复杂计算的工作。他把这些工作做得漂亮极了，于是他又有了别的机会。在他以及全世界还不知道将来会变成什么样之前，拿破仑已经走在前进的路上了。

一切都因此而改变了。从前嘲笑他的人，现在都来到他周围，想分得一点奖赏；从前轻视他的人，现在都希望成为他的朋友；从前揶揄他矮小、无能、死用功的人，现在变得尊重他了。他们都变成了他的忠实拥戴者。

我们读书，千万不能读死书，一定要知道读书的目的——我为什么读书？拿破仑为了自己将来的理想而读书，最终实现了目标。

时间就是金钱

你热爱生命吗？那么就别浪费时间，时间是组成生命的材料。你想获得成功吗？那么就别浪费时间，时间是获得成功的基石。

一位成功人士之所以能做比别人多的事，是因为他们珍惜时间，善于节约时间，能够充分利用时间。当有一天我们高考成功时，我们也可以自豪地宣布："我不是天才，我只是把别人做梦的时间用在学习上了！"

上天公平地赐给我们同样的时间，一天都是24小时。而上天又是不公平的，它让有些人善于利用时间，一分钟当两分钟用，所以他们会成功。

还有人说，时间就是金钱，我们实在浪费不起！

既然我们充分认识到珍惜时间去学习的重要性，那么我们就提供些“窍门”来提高时间利用的效率吧。

有计划地忙，不做无头苍蝇

没有哪一位篮球教练不在赛前向队员细致周密地讲解比赛的安排和战术的，而且事先的某些安排计划也并非一成不变，随着比赛的进行，教练一定会根据赛情做某些调整，更重要的是，开始前一定要做好计划。

我们追求的时间效益，应该是整体时间效益。我们不应该把空闲出来的时间浪费掉，比如自习，看娱乐杂志的时间。千万不要以为这半小时是毛毛雨，如果从整体上看，损失是惊人的。

有的成功人士就像精打细算的商人一样，精细地核算自己的时间，日日结算，月月结算，年年结算。还会每5年就阶段性地把度过的时间拿出来研究一下。这要求我们对自己每一天、每一个月、每一年的学习有一个整体安排。

掌握时间管理的法则

一、优先重要法则

我们要做的事情很多，如果眉毛胡子一把抓，只会把自己忙得焦头烂额。最聪明的做法，就是把十分有限的时间用在刀刃上，发挥时间的最大功效。

二、长远重要法则

既要强调优先重要，又要强调长远重要。这是“时间管理”的突破概念。强调长远重要，即强调做“不急迫却重要而长久的事”。

在时间管理上，要兼顾长远性与急迫性，要高度重视对眼前虽不紧急但有深远影响的事务的处理。

三、一举两得法则

在同一时间内干成多件事，也是提高时间使用效率的妙法，只要你选择要做的事情彼此兼容就好。比如在走路时听英语音频，在玩儿电脑时练习打字，或者像林肯小时候那样，在穿衣服时背首小诗。

四、标本兼治法则

要想提高时间使用效率，不仅要掌握这样那样的时间管理法则，还需要有至心至情的功夫。时间管理与情绪管理是彼此制约、相辅相成、同步发展的关系。如果没有积极、兴奋的情绪，哪怕掌握了很多时间管理的法则、技巧也无济于事。

记住，当你产生了厌倦、怠惰的情绪时，如果不能及时地清除这些情绪的垃圾，时间必定遭到浪费。

信念的力量

海伦·凯勒正是有了远大的理想，正是有这样一种信念，她才会接受生命的挑战，创造生命的奇迹。

她，一个失聪失明的弱女子竟然毕业于哈佛大学，并用生命的全部力量奔走呼告，建起了一家家慈善机构，为残疾人造福，被评选为20世纪美国十大英雄偶像。理想和信念像熊熊燃烧的烈火指引她走出黑暗，走出死寂，理想和信念像巨大的羽翼，帮助她飞上云天。

从某种意义上说，人不是活在物质世界里，而是活在精神世界里，活在理想与信念之中。对于人的生命而言，要存活，只要一碗饭、一杯水就可以了；但是要想活得精彩，就要有精神，就要有远大的理想和坚定的信念。信念使贫困的人变成富翁，使黑暗中的人看见光明，使绝境中的人看到希望，使梦想变成现实。

只要心里有坚定的信念，干燥的沙子有时也可以变成清冽的泉水。浩瀚的沙漠中，一支探险队在艰难地跋涉。头顶骄阳似火，烤得探险队员们口干舌燥，挥汗如雨。最糟糕的是，他们没有水了。水就是他们赖以生存的信念，信念破灭了，他们一个个像散了架、丢了魂似的，不约而同地将目光投向队长。这可怎么办？队长从腰间取出一个水壶，两手举起来，用力晃了晃，惊喜地喊道："哦，我这里还有一壶水！但穿越沙漠前，谁也不能喝。"

沉甸甸的水壶在队员们的手中依次传递，原来那种濒临绝望的脸上又显露出坚定的神色，一定要走出沙漠的信念支撑他们踉跄着向前挪动。看着那水壶，他们抿抿干裂的嘴唇，陡然增添了力量。

终于，他们死里逃生，走出茫茫无垠的沙漠，大家喜极而泣之时，久久地凝视着那个给了他们信念支撑的水壶。

队长小心翼翼地拧开水壶盖，缓缓流出的却是沙子。他诚挚地说："只要心里有坚定的信念，干燥的沙子有时也可以变成清冽的泉水。"

为生命画一片树叶，只要心存信念，总有奇迹发生，希望虽然渺茫，但它永存人世。美国作家欧·亨利在他的小说《最后一片叶子》里讲了一个故事：病房里，一个生命垂危的病人从房间里看见窗外的一棵树，叶子在秋风中一片片地掉落下来。病人望着眼前的萧萧落叶，身体也随之每况愈下，一天不如一天。她说："当树叶全部掉光时，我也就要死了。"一位老画家得知后，用彩笔画了一片叶脉青翠的树叶，挂在树枝上，最后一片叶子始终没掉下来。只因为生命中的这片绿，病人竟奇迹般地活了下来。人生可以没有很多东西，却唯独不能没有信念。信念是人类生活的一项重要的价值。有希望之处，生命就生生不息！

即使在最困难的时候，也不要熄灭信念的火把。

青少年朋友们，不管你现在的成绩怎么样，不管你现在的基础怎么样，只要坚定信念，你就有了努力的方向，你就有了奋斗的目标，你就有了生活的动力，你就有了成功的希望！

任何情况下都要保持冷静

保持冷静就像学一门功课一样，得经历从初级到高级的全程培训，才能结业。

要想做到冷静，首先得学会忍，“万般皆拜服，唯有忍字高”。古往今来成大事者哪个不是头上顶着“忍”字刀，一步步地挨过来的？韩信忍胯下之辱，成就了“韩信将兵，多多益善”的传奇；明代首辅徐阶忍下被唾液喷溅之苦，最终熬倒了奸臣严嵩，铸就一世的美名；唐代名相娄师德秉承唾面自干的人生哲学，终成天后股肱之臣……能做到“忍”，没有宽广的胸襟和极好的承受力是办不到的，但要做到冷静，首先要学会忍，所遇之事就像火苗，“忍”则更像在导火线上先浇水，在等待的过程中让火苗自灭。

其次，养成逢事先经大脑后动口手的习惯。历史上因为颠倒了二者的顺序，引来杀身之祸的有之，引起军事哗变的有之，有的留下了一世臭名，实在是不胜枚举。法国哲学家柏格森说：“我们必须作为思索的人而行动，作为行动的人而思索。”也就是说，思考与行动是一对孪生兄弟，但思考应该是先从母体中出来的那位。只有思考才能让内心平静，也由此想到更合适的解决方法。但现实是我们往往不给大脑冷静思考的机会。其实我们的大脑冲动有时间限制，只要过了高峰点，往往能够游刃有余地、温和地解决问题，但一般人就败给了不给自己的大脑留余地，正所谓自己最大的敌人就是自己，一个人能战胜自己，也就攻无不克、战无不胜了。

有了“忍”的认识还远远不够，因为一般人只停留在理论层面，实践是检验真理的唯一标准，所以还要靠实践“磨”。有人问，难道是没事找事给自己创造锻炼冷静的机会吗？是的。没有机会就创造机会给自己实战演练的战场，上几次战场亲身感受战场氛围，就能从纸上谈兵的角色上退役了。当然“找抽”是有着时间、对象、场合等的局限性的——对于时间、场合，相信大家心里都有谱儿，对于“对象”我们不能演习结束却树敌无数，所以要找合适的对象。要想早日出师立门户，就得随身带一团“胶带纸”，把自己的嘴巴封好，明白张国荣先生的那首《沉默是金》；戴副“手铐脚镣”把自己的手脚管理好，别贸然行动。之后当我们被冠以“喜怒不形于色”“沉着应对，稳如泰山”等高帽时就可以毕业了。但路漫漫其修远兮，我们的人生修炼只是一个开端，离真正的“虎老成精”还有一段漫长的距离，其实“老”即成“精”，只是愈老愈精，所以“精”可是岁月的积淀啊，因而奉劝君一句——前路悠悠，待君行。

其实人的心都是肉做的，有时充点儿血发发飙很正常。那么为什么不一样的人遇到了同样的事，采取的行动就不一样呢？原因在于冷静的人只是在心里翻江倒海，外表依然风平浪静；不冷静的人外在比内在闹腾得凶猛。长期的结果就是在心里折腾的人想通了、稳了，外在闹腾的人愈发不可收拾了。

有句老话是这样说的：性格决定命运。当冷静成为你性格的要素时，至少我们的人生不会充斥诸多后悔，因为我们所有的行动和话语都是经过大脑的深层过滤的。因此，要想拥有不悔的人生，朋友，请先学会冷静，因为它是你成为一个优秀人才的条件之一，至少是不可或缺的条件。

虽然我们不是圣人，但是我们每个人都在追求成圣的道路上修行着，所以在任何情况下保持冷静都不是神话传说，它只是一个可触而你却没有触摸的泡影。青少年朋友，接下来给自己一个挑战，让你成为百毒不侵、百箭不穿的“冷静神话”，开创属于自己的那片天地吧。

改变可以改变的，接受不能改变的

有一个很著名的寓言故事——蚌与珍珠：当女工把沙子放进蚌的壳内时，蚌觉得非常不舒服，但是又无力把沙子吐出去。因此，蚌面临两个选择：一是抱怨，让自己在余生中痛苦地折腾着过；二是想办法把这粒沙子变成珍珠，体现育儿般母体生命的价值。那么，你的选择是什么呢？

人生的跑道是固定的，大自然只给人一条路线，而这条路线也只能够跑一次。在这条路线上，你是去撞得头破血流，甚至撞了南墙也不回头，还是竭尽所能改变可以改变的，接受不能改变的？

美国的尼布尔博士曾经说过这样一句话：“祈求上天赐予我

平静的心，接受不可改变的事；给我勇气，改变可以改变的事；并赐予我，分辨此两者的智慧。”这真的是人生的智者。我们常常抱怨这个世界给予的不公平：考试有地域划分，同样的分数，别人上名牌，自己上的是一般的高校；出身有高低之别，有的人生下来就是贵族，有的人生下来就在贫民窟……很多外在的因素是自然形成的，我们无法改变，但我们可以改变自己面对的心态。改变不了环境，但可以改变自己；改变不了事实，但可以改变态度；改变不了过去，但可以改变现在；改变不了天气，但可以改变心情；改变不了容貌，但可以改变气质……

说到“改变接受变通学”，也许印象最深的当数明代首辅徐阶了。当时严嵩专权，徐阶起初视严嵩为大奸臣，誓不与其为伍。他也曾经激励奋进，却遭到严嵩等人的迫害，嘉靖皇帝甚至在柱子上书写“徐阶小人，永不叙用”。后来他逐渐认识到不能以卵击石，胳膊拧不过大腿，于是他改变策略，事事顺着严嵩，不再与他争执。为了得到他的信任，还把自己的孙女嫁给严嵩的孙子，也许在世人眼中这样的行为近乎卑劣。严嵩的儿子严世蕃十分霸道，多次对他无礼，他也忍气吞声。同时，徐阶向嘉靖帝靠拢，专门挑皇帝喜欢的话说，终于讨得嘉靖帝的喜欢。不久，徐阶加少保头衔，接着兼任文渊阁大学士，进入内阁，参与要事。后来经历了很多事情，严嵩渐渐被皇帝冷落。

嘉靖四十一年（1562年），邹应龙告发严嵩父子，皇帝下令逮捕严世蕃，勒令严嵩退休，徐阶则取代严嵩为首辅。严嵩被勒令退休后，徐阶亲自到严嵩家去安慰。他的这种行为真可谓是“黄鼠狼给鸡拜年，没安好心”，但他的行为使严嵩十分感动，甚至叩头致谢。严世蕃也请求徐阶替他们在皇上面前说情，徐阶满口答应。他的儿子徐璠迷惑不解地问：“你受了严家父子那么多年的气，现在总算到出气的时候了，你怎么这样对待他们？”他佯装生气地骂徐璠：“没有严家就没有我的今天，现在严家有难，我恩将仇报，会被人耻笑的！”严嵩派人探听到这一情况，信以为真，严世蕃也说：“徐老对我们没有坏心。”其实，徐阶这样做是因为他看出皇上对严嵩还存有眷恋。

后来，嘉靖帝果然后悔，想重新召回严嵩，在徐阶的力劝下，才打消了这个念头。徐阶继任首辅之后，大力革除严嵩弊政，十分爱惜人才，他先后举荐高拱、张居正等人进入内阁，大力营救因上书指责皇帝过失而被定死罪的户部主事海瑞……《明史》列传中称“阶立朝有相度……不失大节”。如果徐阶没有后来思维的转变，我相信他也许早就败倒在严嵩的魔爪之下了，也不可能为那么多人开辟了黄金时代。这就是说他首先做到了：接受不能改变的，才有能力去改变可以改变的。

明代心学的创始人王守仁说：“知是行的主意，行是知的功夫；知是行之始，行是知之成。”其实这句话一个浅显的解释可以是：不能一条道走到黑，要学会根据现实而变通，而这个现实就是“行”，亦即实践的事实。那些可以改变的，我们去竭尽所能改变，那些不能改变的现实，无论如何努力，结局早已摆在那里，无法挽回，我们何必去浪费时间和精力苦苦挣扎呢？倒不如坦然面对它，也许结果并非如我们所料想的那么糟糕，因为存在的就是合理的，不沿我们预定的路线走也不一定不好。

生气是拿别人的错误来惩罚自己

“生气是拿别人的错误惩罚自己”，源于德国古典哲学家康德“发怒，是用别人的错误来惩罚自己”。其实不管错误是自己犯的还是别人犯的，犯错是事实，生气却是自己和自己过不去的傻瓜行为。

中医学认为，生气是万病之源，所以我们会看到性情温和的人一般都是长寿团队的进士级别。

其实不管是别人的错误还是自己的错误导致生气，最终深受其害的还是自己，也许对方根本就不知道你生气了，后果还很严重。有一首《莫生气》可以为证：为了小事发脾气，回头想想又何必；别人生气我不气，气出病来无人替；我若气死谁如意，况且伤神又费力……事情发生后，如果生气可以解决问题，那么我劝君大可以生生气，就当作是把体内浊气逼出来的练习，但问题的关键是：生气不仅解决不了问题，还会火上浇油。于是得出结论：不生气为宜。

不过，人本身是精、气、血的结晶体，血气之人一辈子不生一点儿气是不可能的，那么如何既符合自然生理规律，又不会刀枪相见呢？下面提供几条参考意见：

1.“生气却不可犯罪，不可含怒到日落。”一辈子不生气不可能，但是智者生气是有时间限制的，即所谓不到日落。说白了就是生气是可以的，但是自己得控制好自己的“气囊”，生气要点到为止。一般人生气不由盛火到灭火是不会善罢甘休的，但智者是做自己情绪的主人的。有了负面情绪发泄一下不是坏事，否则憋在心里会出现内伤的。但关键是要能把握住生气的火候和时间，不要导致烧残烧灭的结局。

2.扩大心的容量。一个人只有心的内容量大了，他才会学会宽容、原谅别人，而不是将怒火喷在别人身上。

3.管好你的心。人心很难不受外界的影响。每个人在生气时，都会有这样或那样的理由，认为自己生气是理所当然的：受到不公正的待遇了会生气，被谎言欺骗了会生气，别人无意的言语行为伤害了自己也生气……总之，只要人还活着，还有意识，就免不了要生这样或那样的气，即使知道那句“生气是在拿别人的错误来惩罚自己”，还是免不了要生气。其实这样的行为说到底只是给自己的小心脏增加额外的负荷罢了。清代画家石涛大师说：“生命的完整，在于宽恕、容忍、等待和爱，如果没有这一切，即使你拥有了一切，也是虚无。”何不学会先把自己的心管理好呢？

4.怀着看戏的心态。人生就像一场戏，演员也许很投入角色地演，但最终对剧情刻骨铭心的只是自己罢了，所以不妨以一种看戏的心态对待生命中的这些剧情。如果生气时有一面镜子在你面前，你一定能看到镜子里的那个家伙两个鼻孔冒着热气，而你只是看着自己演了个小丑的角色而已。为了不让自己过分投入表演，还是让鼻孔少喷发水蒸气较好吧。

5.给生气面壁的机会。有时因为一些琐碎小事就大动肝火，其实只要给自己一点时间就会幡然醒悟：刚才好傻啊。有的人生气了大哭一场，结果只是气大伤身，顺便连带了眼睛红肿；有的人生气了疯狂购物，只能挥霍自己的钱财；有的人生气了会喝酒来解闷儿，正所谓“举杯消愁愁更愁”，只能伤害自己的身体……殊不知，即使我们发再大的脾气，难道对方就能得到惩罚吗？正好相反。这些其实都是在拿别人的错误来惩罚自己！这样一来，生气不但没有解决问题，反而把问题搞得更加复杂了。明智的选择是给自己冷然面壁的时间和空间，然后发觉其实根本没必要生气。

何苦要生气呢？气其实就是别人口中吐出了但你却接到口里的那种东西，你吞下就会觉得反胃，你不在意就会自动消失。你的生命就像一部电影，片名是你的名字，导演和主演都是你自己，每个镜头都是你自己的人生演绎，何不让自己活得快快乐乐？也许某天你会因为心情保养得好登上长寿榜，创下吉尼斯世界纪录呢！今生不易，何不潇洒走一回呢？别拿自己或是别人的错误来惩罚自己。

哭泣后，我们学会坚强

刘诗参加全国性的奥林匹克数学竞赛。老师和同学对她信心十足，以刘诗的实力不拿一等奖，最差也会拿个二等奖回来。可是考试的结果却是刘诗榜上无名。

回到家刘诗哇哇大哭道：“我这是怎么了？我考得应该不错啊，和老师核对答案，正确率也很高，为什么我没考上名次，反而平时成绩不如我的阳和却得了个三等奖呢？”

妈妈对女儿说：“这有什么大不了的。你要对出乎意料的事情，有心理准备，你的自尊心强，我想你一定非常难过，不过，以后你还会遇到很多这样的痛苦、挫折和失败。想做最好的、有上进心是好事，但是要做到心态平和，坚强面对失意，毕竟最好的只有一个！”

女儿哭着、哭着就不哭了："那我不哭了，我学着坚强！"

可以看出来，她是强忍着心中的悲伤呢。妈妈笑了，说："让你坚强并不是不许你哭啊，相反，你要学会哭出来。知道吗？医生经过化验，发现泪水里有毒呢！为什么女人寿命比男人长，就是因为女人经常流泪排毒……"不知道妈妈说的是事实，还是在故意逗自己开心，总之刘诗含着眼泪会心地笑了。

不管是男孩子还是女孩子，在成长中，都会面对很多失败，都需要我们坚强地挺过去，面对该面对的，哪怕我们再心不甘情不愿。但是，坚强不是把眼泪往肚子里咽，我们需要擦掉眼泪，有重上擂台的勇气和坚韧，也需要有尽情哭一次的勇气。

歌曲《忘忧草》中这样唱道："让软弱的人们懂得残忍，狠狠面对人生都每次寒冷……"面对这样的寒冷，女孩子、男孩子都会坚强度过，但是女孩子也许通过泪水的释放，情感的宣泄，反而更容易度过。男孩子呢？从小的"男子汉"式教育，反而不懂得怎样宣泄压力和情感了。

其实，一滴能让自己看见的眼泪最能让自己明白什么是坚强。男子汉们尽情流一次眼泪后，才能知道自己的担子有多重，也才能激发更多的斗志和勇气去轻松面对。曾经有一首这样的歌，呼唤着、鼓励着男子汉们尽情地宣泄、流泪：

在我年少的时候

身边的人说不可以流泪

在我成熟了以后

对镜子说我不可以后悔
在一个范围不停地徘徊
心在生命线上不断地轮回
人在日日夜夜撑着面具睡
我心力交瘁
明明流泪的时候
却忘了眼睛怎样去流泪
明明后悔的时候
却忘了心里怎样去后悔
无形的压力压得我好累
开始觉得呼吸有一点难为
开始慢慢卸下防卫
慢慢后悔慢慢流泪
男人哭吧哭吧哭吧不是罪
再强的人也有权利去疲惫
微笑背后若只剩心碎
做人何必撑得那么狼狈
男人哭吧哭吧哭吧不是罪
尝尝阔别已久眼泪的滋味
就算下雨也是一种美
不如好好把握这个机会
痛哭一回

很难吗？让一个有着男子汉气魄的人去哭一回，很难吗？我们没有自尊心不行，自尊心太强也不是好事，有时候流泪是必要的，比如刘备，哭出了一个皇帝。比如你遇到伤心事时，不妨痛痛快快地哭一场，你可以选择一个僻静的角落，或者对着最亲密的人，尽情发泄你心中的苦闷。在泪水中感受痛苦，在泪水中释放压力，在泪水中体会坚强。谁不是在泪水和痛苦中学会坚强着面对一切呢？只有哭过后的天空，才会出现彩虹。

笑是上帝赐给我们最宝贵的礼物

1979年诺贝尔和平奖得主特蕾莎修女在《美丽的微笑与爱》中曾经说过：让我们经常以微笑相见，因为微笑是爱的开端，一旦我们开始彼此自然地相爱，我们就想做点儿事情了。

微笑似乎是造物主赐给人类的特权。我们仔细想想，除了人类之外，好像没有任何生物懂得微笑了。微笑是人类最好看的表情，也是人类最好的化妆品，如果我们哪天忘记化妆就出门了，那就用笑容来弥补吧。笑可以增加脸上的神采，笑比蹙眉好看不止万倍。

也许我们会觉得某个人不笑很酷，笑也不能解决实际问题，但是笑容是一个人最宝贵的东西，你把笑容留给了别人，别人也把最宝贵的东西留给了你，这就是心与心的交换。

还记得那首活泼的歌曲吗？

请把我的歌带回你的家，请把你的微笑留下……

一个微笑能令别人和自己都减少忧虑，心情愉悦；让别人和自己感到活得很有生机和色彩；传递你的友善，有助于结交新朋友；令你看起来更有自信和魅力，留给别人美好的印象；换来别人回馈的另一个微笑，甚至展开终生的友谊。

有一个夏天，在希腊首都雅典的“帕拉卡”区，由于白天气温太高，夜幕降临后，许多游客才出来活动，此时是“帕拉卡”最热闹的时候。

有一个边抽烟边在门口招揽顾客的纪念品商店老板，看见一群游客走过来，情急中想甩掉烟蒂去招呼客人，没想到烟蒂不偏不倚正好扔在旁边一个小伙子的手臂上。小伙子的皮肤顿时被烫出个大水泡，疼得他直跳。

这个老板见状忙说出一连串的“对不起”，之后又送给小伙子一个灿烂的希腊式笑容。他边笑边背诵古希腊哲学家苏格拉底的话：“在这个世界上，除了阳光、空气、水和笑容，我们还需要什么呢？”

小伙子不知道这句话是谁说的，只是觉得手臂上的疼痛和心里的窝囊气被眼前的笑容化解了，于是他也笑着走进老板的商店，买了不少漂亮的明信片。

微笑就像阳光一样，能让世界充满光明和温暖；微笑就像空气一样，在微笑中人们才能感觉畅快而自然；微笑就像水一样，滋养着每个人的心灵，润泽着整个世界。这些都是因为微笑具有神奇的魅力。

有人说，微笑看似简单，可我每天都有烦恼的事情，总也快乐不起来。其实，微笑的理由是自己用心去寻找的。

一位93岁高龄的失明老太太决定住进养老院，护士带她“参观”专门为她准备的小房间。护士在她身边对房间进行了详细的描述。“我真喜欢！”老太太微笑着说，流露出的热情简直和一个8岁的孩子得到一个新的玩具一样。

“夫人，你还没有看到房间……再等等。”

“这和看不看没有关系，”老太太说，“快乐是你事先决定好的。我喜欢不喜欢我的房间并不取决于家具是怎样安放的，而在于我怎样实现我的想法。我已经决定喜欢它了……这是我每天早晨醒来后做的决定。我可以选择接受变化，并且在种种变化中寻找最佳；我还可以选择担忧那些可能永远不会发生的‘假如’；我可以整天躺在床上琢磨我身体哪些部位不灵活了，给我带来这样或那样的困难；我也可以从床上起来，对我身体还有许多部位能工作而心怀感激。每一天都是一份礼物，只要我睁开眼睛，我就决定不去想那些已经发生在我身上的事情，而专注于我使之发生的事情。”

由此可见，快乐是自己决定的。其实微笑的理由随时都在产生，比如，你在赶公交车时，司机师傅为了等你，而多停顿了几十秒钟；你的好朋友赞美你新买的衣服；你的老师赞扬你的成绩有所进步……诸如此类的细节都可以作为微笑的理由，因为这是生活送给你的礼物。

下一次，当你上车遇到老弱病残孕时，请主动让出座位，并报以微笑。

下一次，当别人问你数学题的时候，你详细解答，并报以微笑。

下一次，请给那些经历不幸的人一个鼓励的微笑，给帮助你的一人一个感谢的微笑，给陌生的人一个友善的微笑，给对你微笑的人一个默契的微笑……微笑是自己产生的，你无限拥有，对别人却又那样珍贵。

用真心生活，用关爱交流，用真诚沟通，用微笑赞美，我们的人生，真的不缺什么了。

等待三天，告别冲动

三国时期，关羽被东吴所害的消息传到张飞耳中，兄弟情深的他“旦夕号泣，血湿衣襟”。手下的将领纷纷来安慰他，陪他喝闷酒，希望他能一醉解千愁，没想到他醉后竟六亲不认，帐上帐下，对犯错误的人就严刑鞭打，有几个人甚至被活活打死。

张飞下令所有部队三日之内全换成白旗白甲，三军挂孝伐吴。第二天，负责后勤的范疆、张达告诉张飞：“白旗白甲三天之内不可能备齐，得宽限几天。”张飞正在气头上，哪能容得这两个人？马上让人把范疆、张达绑在树上，各打50大板，然后又告诉二人：“明天必须把东西准备好！如果违了期限，就杀了你们示众！”

范疆、张达二人心知这事情根本就是没有可能办到的，所以他们商量之后，在当晚刺杀了张飞，然后投奔东吴去了。

冲动是魔鬼，因为张飞的冲动，丢了自己的性命；因为范、张二人的冲动，虽杀了张飞解了心头之恨，但留下了千古骂名。

其实，每个人在生活中都不可避免地会遇到一些让人不能承受的事情，这个时候我们一定要保持冷静，千万不能让愤怒之火淹没理智，否则受害的只能是自己。

人生总是存在着许多变数,这许多变数的背后又是人类所无力挽回的，当这些变数发生的时候，我们又该做哪些有意义的事情，以怎样的态度去接受这些变数呢？失落、沮丧，或是泰然处之？抑或顺其自然，任由其发展？有位卖花的老人给了我们一种应对的方式——等待三天。等待三天，不禁有人要问，等待的是什么呢？下面就让我们看看这位卖花老人的“等待哲学”吧。

有位女作家，应邀请来到美国访问，在纽约的街头她遇到了一位卖花的老人。这位老人衣衫褴褛，骨瘦如柴，看上去很虚弱，但是她的脸上却满是喜悦，一直微笑着面对来往的路人。女作家走到老人跟前，边挑花边问老人：“您看起来很高兴啊！”“为什么不呢？你看一切都这么美好。”“那您的心理承受能力一定很强吧？能够承担足够多的烦恼。”女作家又问。然而老人的回答令女作家大吃一惊：“耶稣在星期五被钉在十字架上的时候,那是全世界最糟糕的一天,可之后第三天就是复活节。因此，当我遇到不幸时,就会等待三天,一切就恢复正常了。”老人平和地说。“等待三天”，这是一颗多么普通却不平凡的心，她懂得等待，知道风雨过后就会有彩虹，所以不惧怕暴风骤雨的洗礼，坚强并微笑着面对生活中的种种磨难与不幸。

人生有四季——春暖花开，枝繁叶茂，风吹麦浪，冰天雪地。有春暖花开的烂漫，就会有秋叶飘零的凄凉，有枝繁叶茂的繁盛，就会有风欺雪压的落寞，总是有喜有悲，有泪有笑。百事可乐，千事顺心，万事如意，这些只是人们理想化的一种期望，谁的人生都不会一帆风顺。但是智者能把这些不幸的因素沉淀内化，把它看成一种人生的历练，厚积而薄发，沉淀到一定的程度，这些都会成为你以后人生路上的经验，不至于在同样的错误上一再摔跤。这就是等待的哲学，等待后就会有艳阳天出现。

在人生路上一定要学会等待，多么猛烈的风雨都会有停止的时候，多么艰难的岁月都会有流逝的时候，只要等待，太阳还是会高高地挂在空中，照亮每一个黑暗的角落。

苦练成就辉煌

很多人做事总是有始无终。开始满腔热情，但中途就会放弃，因为他们缺乏那种苦练和苦干所必需的忍耐力。有些人一遇到苦难，就转身逃离，一是他们缺乏坚定的意志，二是他们不善于在苦练和苦干中寻找成就感和乐趣。

著名导演张艺谋也有过失败，但他总是积极面对，以更大的决心站起来继续前进。更加难能可贵的是，在取得成就以后，他仍然一如既往地苦练和苦干。

张艺谋喜欢摄影，起初只是借朋友的照相机，买廉价胶卷拍着玩儿。后来越拍越上瘾，便想买台照相机。可那时普通的照相机也要好几百元人民币一台，每个月只有30元工资的他只得一分一分地攒。他戒了荤，每天啃干馍，节衣缩食，最后终于买回一台“海鸥”牌照相机。从此以后，他背着这台“海鸥”登骊山、涉八水、临雁塔、攀西岳，将八百里秦川都摄进自己的镜头之中。

当时，工厂的工作是三班倒。别人都讨厌夜班，张艺谋却盼望着上夜班。这样整个白天就可以完全由自己支配，到大自然的怀抱里享受它所赐予的欢乐和自由，他为此甚至买了一套冲印设备。他在拥挤杂乱的集体宿舍里，利用唯一的写字台设计了他的暗室，他终于有了属于自己的天地。他的同伴经常可以看到，这位平常不太言语的张艺谋，时不时地就钻进他的天地里，半天不出来。

功夫不负有心人，在全国摄影大赛中，他的作品获得了一等奖。在他的身上有那么一股百折不挠的劲儿，一步一步引导他走向辉煌。

在拍摄《红高粱》时，为了表现剧情的氛围，他带人亲自去种出一百多亩的高粱地；为了尘土飞扬的镜头，他硬是让人用大卡车拉来十几车黄土，用筛子筛细了，铺在路上；在拍摄《菊豆》中杨金山溺死大染池一场戏时，为了拍摄能找到一个好的角度，更是为了照顾演员的身体，他自告奋勇地跳进染池当替身，一次不行再来一次，直到摄影师满意为止。

1986年，摄影师出身的张艺谋被著名导演点将出任《老井》一片的男主角，没有任何表演经验的张艺谋接到任务，二话没说，剃了光头，穿上大腰裤，露出了光脊背，就吃住在太行山一个偏僻、贫穷的山村里，每天和老乡一起上山干活，一起下沟担水。为了使皮肤粗糙、黝黑，他每天中午光着膀子在烈日下暴晒。为了使双手变得粗糙，每次摄影组开会，他不坐板凳，而是学着农民的样子蹲在地上，用沙土搓揉手背。

在拍摄过程中，张艺谋为了达到逼真的视觉效果，真跌真打，主动受罪。在拍“舍身护井”时，他真跳，摔得浑身酸痛；在拍“村落械斗”时，他真打，打得鼻青脸肿。在拍旺泉和巧英在井下那场戏时，为了找到垂死前那种奄奄一息的感觉，他硬是三天半滴水不沾、粒米未进，连滚带爬地拍完了全部镜头。

与张艺谋接触的人都知道他是一个工作狂。一旦他开始做某件事，一旦他在思考一件事，他可以不吃不睡，连轴转，而且总是乐此不疲。

在拍电影时，他的工作精神让许多人都佩服不已，白天拍了一天戏，晚上还要开会讨论剧本，而第二天早上在分镜头时，人们又会发现许多他自己新创作出的场景和对话。算起来，他每天至多睡四五个小时。有了剪辑机以后，他每天在开完会之后还要剪片，以便发现问题及时补救。这样一来，他睡觉的时间，每天实际上也就两三个小时。正是凭着这种惊人的敬业精神，再加上他扎实的艺术功底和对电影艺术的独特理解，还有受人称道的处世艺术，才创造了中国电影史上一系列的神话。

专注，优秀的保证

你很专注地做过一件事情吗？全身心地投入不想别的。心里就只有一件事情那种感觉，只有亲身体会才会知道。专注的力量很大，它能把一个人的潜力发挥到极致，一旦达到那种状态你就没有了自我的概念，所有的精力集中到了一点。

有一个人向世界第一名的推销员请教，问他成功的秘诀，这个推销员说："我不告诉你，假如我告诉你的话，那我就又多了一个竞争对手。"后来直到退休时，他才肯接受邀请，分享他的成功秘诀。结果，那一天一共有2500名业务员来听他的演讲。台下掌声雷动，经久不息。这时他把手一挥，所有的灯都灭了，突然在一秒钟之后，亮起一盏灯。这盏灯对着一扇门，4名大力士和一匹马弄来了一个很大很大的铁球，然后又有一个人拿来一把铁锤放在台上。台下很多人都在纳闷，不知道跟推销有什么关系。

这时他开始发问："现在台下有哪一位可以把这个铁球移动？"台下有个人说："我劈开过坚硬的木板，我很有力气，我很有信心，请让我来试一下。"那人就上台用大铁锤朝着大铁球猛敲一下，结果"砰"的一声，大铁球一点儿没动，他自己却因反弹而震得手掌发麻。陆续又上来几个人，他们一打就弹掉，一打就弹掉，铁球就是纹丝不动。这时全场哗然。他们都傻了：怎么这么用力敲，那个铁球却纹丝不动呢？

这时，这个世界第一名的推销员说："现在就让我来教你们怎样成为世界第一名，怎么让这个铁球移动！"接着，他就拿他的小指头对着这个铁球戳了一下，过5秒钟又对着铁球戳了一下，就这样每隔5秒钟对着铁球戳一下。过了5分钟，铁球没有动，而台下的人却气死了。他们想："啊！原来你就是通过'坑蒙拐骗'而取得成功的。"

于是他们开始扔可乐罐子，开始骂娘。他不管台下出现什么反应，依然每隔5秒钟就戳一下大铁球。到了第20分钟时，铁球仍然没有动，台下很多人由于太生气纷纷离开了会场，这时会场上只剩下500人。不管台下怎么拒绝，怎么排斥，怎么反应，他还是每隔5秒钟继续戳一下。

到了第40分钟时，铁球只有一点点晃动，可是到了第50分钟的时候，铁球就"轰轰轰"地越晃越大。这时台下剩下的500人开始猛烈地鼓掌，他们都说："太厉害了，这简直不可思议，铁球怎么可能会移动呢？"

他就问："现在有哪位可以上台来让这个铁球停住？"台下的人都说："不行，不行，不可能让这个大铁球停下来，这是不可能的事情!"世界第一名的推销员就说："这就是我成功的秘诀。我每天拜访顾客，他们拒绝我，他们给我脸色看，他们骂我；我每天坚持拜访顾客，他们再拒绝我；可我每天仍旧继续拜访顾客。你看，现在我成功了，他们连挡也挡不住。"这就是专注的力量，优秀的保障！

有个农夫一早起来，告诉妻子要去耕田。当他走到田里的时候，却发现耕耘机里没有油了；原本打算立刻去加油，突然想到家里的四五头猪还没有喂，于是转回家去；经过仓库时，望见旁边有几个马铃薯，他想起马铃薯可能正在发芽，于是又走到马铃薯田去；途中经过木材堆，又记起家中需要一些柴火；正当要去取柴火的时候，看见一只生病的鸡躺在地上。这样来来回回跑了几趟，这个农夫从早上到晚上，油也没有加，猪也没有喂，田地也没有耕，最后，什么事情也没有做好。

专注——优秀的保证。

量化你远大的目标

有一位哲学家到一个建筑工地去分别问三个正在砌砖的工人："你在干什么？"

第一个工人头也不抬地说："我在砌砖。"

第二个工人抬头说："我在砌一堵墙。"

第三个工人热情洋溢、满怀憧憬地说："我在建一座殿堂！"

听完回答，哲学家马上就判断了这三个人的未来：第一个心中眼中只有砖，可以肯定，他一辈子能把砖砌好就很不错了；第二个人眼中有墙，心中有墙，好好干或许能当一名工长或技术员；唯有第三位，必有大出息，因为他有目标，他心中有一座殿堂。

有什么样的目标，就有什么样的人生。你今天站在哪个位置并不重要，但你下一步迈向哪里却很关键。你不能延长生命的长度，但你可以增加生命的宽度。重要的并不在于你现在的地位是多么卑微，或者从事的工作多么微不足道，只要你强烈地渴望攀登成功的巅峰并愿意为此付出艰辛的努力，那么总有一天你会喜笑颜开、如愿以偿。

让目标成为现实的捷径就是量化你的目标。空想和目标的差别就是：空想是抽象的，而目标却是具体的，可以量化。

1984年，在东京国际马拉松比赛中，名不见经传的日本选手山田本一出人意料地夺得了冠军。当记者问他凭什么取得如此惊人的成绩时，他说了一句话：凭智慧战胜对手。

当时很多人认为，这个偶然跑到前面的矮个子选手故弄玄虚。马拉松是体力和耐力的运动，只要身体素质好，又有耐力，就有望夺冠。爆发力和速度都在其次，说用智慧取胜，确实有点勉强。

两年后，意大利国际马拉松邀请赛在意大利北部城市米兰举行，山田本一代表日本参加比赛，这次他又夺得了冠军。记者在采访中问他："上次在你的国家比赛，你获得了冠军，这次远征米兰，在异国他乡又压倒所有的对手取得第一名，你能谈谈经验吗？"

山田本一性情木讷，不善言谈，回答记者的仍是上次那句让人摸不着头脑的话："用智慧战胜对手。"这回记者没有挖苦他，只是对他所谓的智慧迷惑不解。

10年后，这个谜团终于解开了。他在自传中是这么说的："每次比赛之前，我都要乘车把比赛的线路仔细地看一遍，并把沿途比较醒目的标志画下来。比如，第一个标志是银行，第二个标志是一棵大树，第三个标志是一座红房子，这样一直画到赛程的终点。比赛开始后，我就奋力地向第一个目标冲去。40几千米的赛程被我分解成这么几个小目标就轻松地完成了。起初，我并不懂这样的道理，我把目标定在40几千米外的终点线上，结果我跑到10几千米就疲惫不堪了，我被前面那段遥远的路程给吓倒了。"

目标的实现是可以量化的。有人将目标比作洋葱，目标实现的过程就是剥洋葱的过程。洋葱的最外面是即时目标，也就是眼下应该动手做的事情，里面一层是短期目标，再往里依次是中期目标、长期目标，最里面一层也就是我们想要的终极目标。洋葱要一层一层地剥，我们实现目标也要一步一步地来。量化你的目标，小目标的达成才是对实现大目标最强有力的支持。目标就像是洋葱，只要你一层一层地剥，终有一层会让你落下幸福的眼泪！

坚持，成功就在下一个拐角处

每当我们看到他人辉煌的成就，总会想他们是多么幸运、荣耀，但他们背后奋斗流过的汗水谁知道？受过的嘲笑与不理解谁人体会？不经历风雨，怎么见彩虹？坚定地熬下去，成功就在下一个拐角处。

“肯德基炸鸡”连锁店的创办人桑德基上校，在65岁的时候仍然身无分文，孑然一身，当他拿到平生第一张救济金支票时，金额只有105美元，他的内心实在是极度沮丧。但他没有怪社会，也没有写信去骂国会，而是心平气和地问自己：“到底我对人类能做出何种贡献呢？我有什么可以回馈的呢？”随即他便掂量起自己的所有，试图找到可为之处。

第一个浮上他脑海的答案是：“很好，我拥有一份人人都会喜欢的炸鸡秘方，不知道餐馆要不要？我这样做是否划算？”随即他又想到：“要是我不仅卖这份炸鸡秘方，还教他们怎样才能炸得好，这会怎么样呢？如果餐馆的生意因此而提升的话，那又该如何呢？如果上门的客户增加，而且指名要食用炸鸡，或许餐馆会让我从中提成也说不定。”

随后他便开始挨家挨户地敲门，把想法告诉每家餐馆：“我有一份很好的炸鸡秘方，如果你能采用，相信生意一定能够提升，而我希望从增加的营业额里拿提成。”

很多人都当他的面嘲笑他：“得了吧，老家伙，若是有那么好的秘方，你干吗还穿着这么可笑的白色衣服？”这些话丝毫没有让桑德基上校打退堂鼓，因为他坚信他拥有天下第一号的成功秘方，所以从没有为餐馆的拒绝而懊恼，他用心修正说辞，以更有效的方法说服下一家餐馆。

桑德基上校的点子最终被接受，你知道他先前被拒绝了多少次吗？整整1009次之后，他才听到了第一声“同意”。在这段时间里，他驾着自己那辆又旧又破的老爷车，足迹遍及美国每一个角落。困了就和衣睡在后座，醒来逢人便诉说他的那些点子。他为人示范所炸的鸡肉，经常就是他果腹的餐点。历经了1009次拒绝，整整两年的时间，有多少人还能锲而不舍地继续下去呢？真是少之又少，也无怪乎世上只有一位桑德基上校。我相信很难有人能受得了20次的拒绝，更遑论100次或1000次的拒绝。

桑德基上校成功了，他的这种不轻易为拒绝所打败、不达成理想决不罢休的精神，使肯德基连锁店开遍了全世界，成为与麦当劳齐名的世界品牌，最终赢来了他后半生的辉煌！是坚持让他赢得了成功。

如果我们好好地去了解历史上那些成功的人，就会发现他们身上有一个共同点：不轻易被“拒绝”所打败而退却，不达成他们心中的理想和目标，就决不罢休！

坚持，只要自己所坚持的是正确的事情，别人不理解的时候坚持，别人讥讽的时候坚持，很多人反对的时候坚持，身处逆境的时候坚持，别人放弃的时候坚持……

坚持，成功就在下一个拐角处。

做你所爱，爱你所做

每个人在学习一门新的课程或者技能时，都有一个入迷期。如果你能抓住这个“入迷期”，利用好你的“入迷期”，全身心地如痴如醉地投入，你就可以创造奇迹！做你所爱，爱你所做。让我们一同来感受爱迪生对工作的热情吧。

1871年圣诞节，爱迪生和玛丽结婚了。

举行婚礼的那一天，爱迪生家里来了许多亲戚朋友，他们都来祝贺这位年轻科学家的新婚。可是，下午两点，他们刚举行完结婚典礼，爱迪生突然想到一个新办法可以解决他正在研究的自动电报机的症结问题。于是，他把新娘拉到一边，悄声地对新娘子说：“亲爱的，我有点儿要紧事到厂里一趟。我准能按时回来陪你吃饭。”玛丽知道爱迪生的脾气，他说干就要干，谁也阻挡不了的，只好点点头，同意爱迪生离开家。爱迪生高兴极了，拥抱一下新娘，趁周围的客人不注意，悄悄地扔下一屋子的客人，溜了出去，到他的工厂里做实验去了。

客人们起先只顾谈笑，谁也没有留意，等到他们要找新郎取乐时，突然发现爱迪生不见了。开始他们以为爱迪生难为情，躲藏起来了，也没深究下去，还是继续玩着，谈笑不已。直到天黑下来了，还不见爱迪生露面，客人才觉察到事情有些蹊跷。他们去问新娘子，向她要新郎，可是，玛丽也为此憋了一肚子气，什么也不肯说。大家见此情景，只好安慰新娘几句，扫兴地离开了。

圣诞节的夜晚，是一年中最热闹的时候。到处灯红酒绿，家家歌声悠扬，孩子们围着挂满各种礼物的圣诞树观赏嬉笑，那情景有如中国的除夕夜。

刚刚成亲的新娘玛丽，左等右等，不见爱迪生回来。她饭也没吃，便和衣睡了。

将近半夜的时候，有个工人从工厂门前经过，抬头看见工厂里有个窗口还亮着灯。他觉得有些奇怪，心里想到：今天是休息的日子，再说已经是半夜了，谁还在上面呢？这个工人蹑手蹑脚地摸到楼上，一看，有一个人正在工作台边聚精会神地干活儿。他仔细一瞧，原来是爱迪生。

婚后，爱迪生还像过去一样，一头扎在科学发明上，妻子玛丽倒是很支持他。可是她看见丈夫只顾不停地思索，反复实验，弄得双目深陷，都充血了，心里实在不忍。有一次，她望着爱迪生，深情而温柔地劝道："亲爱的，你应该找个地方休息几天，否则……"

"去哪儿啊？"爱迪生漫不经心地问。

"随你喜欢。你觉得哪个地方愉快，就到哪里去。"

"好，我已经选好了。"爱迪生用他那智慧的双眼望着妻子一本正经地回答："明天我就去！"

可是，第二天，妻子又在实验室里发现了他。

爱迪生就是这样，把自己一生的主要精力都用到他所爱的科学发明上，因此，取得了辉煌而惊人的成就。他一生为人类发明了电灯、电影、留声机等两千多种产品，平均每15天就有一种新发明。

敢于直面缺点

每个人都可能擅长做一些事情，但也会对有些事情胆怯。优点让我们信心满满地继续走下去，而缺点或许会让你灰心、胆怯。今天，如果你能勇敢地直面你的缺点，并不懈地付诸行动，你会发现缺点的背后原来有这么丰富的收获。每个人都有缺点，关键取决于我们对待缺点的态度，如果我们采取积极乐观的态度去面对，结果往往会向我们希望的方向发展。

不甘心落后，让俞敏洪勇敢地直面他的缺点。新东方总裁俞敏洪当年考入北京大学西语系以后，因为口音很浓，口语说不好，听力更是不行。老师说："你除了'俞敏洪'三个字能听懂外，恐怕再也没什么能听懂的了！"

俞敏洪决心改变现状。他戴着耳机，在北大语音实验室废寝忘食地练英语听力。但是两个月之后，不会说、听不懂的现状依然没有多少改变。这时他想到自己屡试不爽的老办法，他从小店里买了一套《新概念英语》，抱着大录音机，钻到北大的小树林里开始了他的疯狂之旅。他杜绝一切人情往来，一天十几个小时狂听狂背，用自己的话来说，眼睛都听绿了。疯狂两个半月以后，一套《新概念英语》彻底地被他征服了。从那以后，他能听懂任何人所讲的任何英语，他终于成了会听英语、会说英语的人。

追求梦想的坚定信念让德摩斯梯尼勇敢地面对他的缺点。德摩斯梯尼天生就是一个声音微弱、吐字不清的人，尤其是“R”这个字母他怎么也说不清楚，他的发音也很糟糕。

德摩斯梯尼为了克服这些唇齿上的缺憾，便把石子含在嘴里练习。他站在海滨，想把连绵不绝的大浪喊得平静下来。他向南山上跑时便开始背诵，练习一口气念好几行字；他站在镜子面前演讲，以矫正自己的口型。

当他站起来面对大众演讲时，他经历了无数次的失败。当他第一次尝试当众演讲时，他的语句全混乱了，听众们都哈哈大笑。

为了培养自己的演讲才能，他特意挖了一个地洞，每天在里面练习他的声音和演说的姿势。

他还将自己的头发剃去了半边，以此来抑制自己想上街的欲望。就是这样坚持与忍耐，不断地付出，德摩斯梯尼终于成为自古以来最伟大的演说家之一。

缺点、困难、挫折有时是乔装打扮的给予之神。一个弱点可以成为你一生中最大的激励因素，也可以成为你消沉胆怯的原因。弱点的背后隐藏着巨大的潜力，一旦被激发，你的弱点就成为震撼世界的优点。

克服缺点的秘诀——敢于直面恐惧！